Peter Grosche

Schatten der Vergangenheit

· Die Geheimnisse von Eichenfeld ·

Peter Grosche

Schatten der Vergangenheit

· Die Geheimisse von Eichenfeld ·

Im 18. Jahrhundert führte ein mysteriöser Orden finstere Rituale in Eichenfeld durch und hinterließ eine Spur aus Angst, Schrecken und Blut. Heute scheint die Stadt friedlich, doch die dunklen Mächte sind nicht verschwunden.

Die Stadt Eichenfeld birgt düstere Geheimnisse. Als eine Reihe mysteriöser Ereignisse die Stadt erschüttert, werden Sophie und ihre Freunde Tom, Lisa und Anna in ein gefährliches Abenteuer verwickelt, das ihre Welt auf den Kopf stellt.

Gemeinsam stellen sie sich einem mächtigen Gegner und decken dunkle Mysterien auf, die ihre Stadt zu verschlingen drohen.

Schatten der Vergangenheit ist ein Kriminalroman, der dich von der ersten bis zur letzten Seite in seinen Bann ziehen wird.

Impressum

Text:	© 2024 by: Peter Grosche
Umschlaggestaltung:	© 2024 by: Peter Grosche
Herstellung und Verlag:	BoD – Books on Demand, Norderstedt
ISBN:	978-3-7578-7826-9

Die Deutsche Nationalbibliothek verzeichnet diese Publikation in der Deutschen Nationalbibliografie; detaillierte bibliografische Daten sind im Internet
über http://dnb.dnb.de abrufbar.

Die automatisierte Analyse des Werkes, um daraus Informationen insbesondere über Muster, Trends und Korrelationen gemäß §44b UrhG ("Text und Data Mining") zu gewinnen, ist untersagt.

ACHTUNG:

Inhaltsverzeichnis

Prolog

Eichenfeld, eine malerische Kleinstadt mit einer reichen Geschichte, liegt eingebettet in einer idyllischen Landschaft aus Wäldern und Hügeln. Auf den ersten Blick scheint sie ein Ort der Ruhe und des Friedens zu sein, doch ihre Vergangenheit ist geprägt von dunklen Geheimnissen und mysteriösen Ereignissen, die über Generationen hinweg die Bewohner in ihren Bann gezogen haben.

Im 18. Jahrhundert erlebte Eichenfeld eine Zeit des Wohlstands, als die Stadt zu einem wichtigen Handelszentrum wurde. Doch mit dem Reichtum kamen auch die Schattenseiten: Gier, Verrat und Machthunger führten zu Intrigen und Konflikten, die die Gemeinschaft zu zerreißen drohten.

Inmitten dieser turbulenten Zeit entstand ein Geheimbund, der als "Der Orden der Verborgenen" bekannt wurde. Der Orden, angeführt von mächtigen und einflussreichen Persönlichkeiten, nutzte seine Macht, um die Geschicke der Stadt zu lenken und seine eigenen Interessen durchzusetzen.

Der Orden der Verborgenen war nicht nur eine politische und wirtschaftliche Macht, sondern er beschäftigte sich auch mit okkulten Praktiken.

Die Mitglieder des Ordens glaubten an alte, mystische Rituale, die ihnen angeblich übernatürliche Kräfte verleihen sollten. Diese okkulten Rituale und die damit verbundenen Geheimnisse wurden in verschlüsselten Schriften und Symbolen festgehalten, die nur Eingeweihte verstehen konnten.

Um diese Schriften vor Feinden und rivalisierenden Gruppen zu schützen, schufen sie eine Reihe von Rätseln und Hinweisen, die nur die klügsten und entschlossensten Suchenden entschlüsseln konnten. Das Wissen um die Schriften und die okkulten Praktiken des Ordens wurde in einem alten Tagebuch festgehalten, das von Generation zu Generation weitergegeben wurde, bis es schließlich in Vergessenheit geriet.

Die Zeit verging, und die Erinnerungen an den Orden der Verborgenen und verblassten. Doch die Legenden und Gerüchte über die mysteriösen Ereignisse und den verborgenen Reichtum blieben in der kollektiven Erinnerung der Stadtbewohner lebendig. Hin und wieder tauchten Hinweise auf, aber niemand konnte das Rätsel vollständig lösen.

In der Gegenwart kehrt die Dunkelheit zurück nach Eichenfeld, als eine Reihe seltsamer Ereignisse die Stadt erschüttert. Ein altes Tagebuch taucht auf, das einst einem der Anführer des Ordens gehörte, und bringt das uralte Geheimnis erneut ans Licht.

In diesem Kontext steht, dass Sophie und ihre Freunde Tom, Lisa und Anna ungewollt in ein gefährliches Abenteuer hineingezogen werden, das sie tief in die Geschichte ihrer Stadt führt.

Vor dem Hintergrund dieser historischen Geheimnisse und okkulten Praktiken beginnt die spannende Reise der Freunde, die nicht nur die Wahrheit über die Schriften und den Orden der Verborgenen enthüllen wollen, sondern auch ihre eigene Bestimmung und den Mut finden müssen, Eichenfeld vor einer neuen Bedrohung zu retten.

Der Orden

Eichenfeld, im späten 18. Jahrhundert, erstrahlt in seinem vollen Glanz. Wohlhabende Kaufleute und mächtige Politiker prägen das Bild der Stadt, die als Handelszentrum floriert.

Doch hinter den prächtigen Fassaden verbergen sich Intrigen und düstere Geheimnisse. Die Sehnsucht nach Macht und Kontrolle bringt einige der einflussreichsten Männer und Frauen Eichenfelds zusammen – sie gründen den "Orden der Verborgenen".

Der mächtige Kaufmann Jakob von Stein ist der Drahtzieher hinter diesem Geheimbund. Er ist ein Mann mit einer imposanten Statur und einem Charisma, dem sich kaum jemand entziehen kann.

Jakob hat eine Vision: Er will Eichenfeld nicht nur beherrschen, sondern auch vor den Augen der Öffentlichkeit seine wahre Macht verbergen. Die Gründung des Ordens soll der erste Schritt in diese Richtung sein.

Es ist eine mondlose Nacht, als Jakob seine engsten Vertrauten zu einem geheimen Treffen in das alte Herrenhaus am Stadtrand einlädt.

Die Luft ist schwer und feucht, Nebelschwaden ziehen über die Felder und hüllen das Herrenhaus in ein gespenstisches Licht. Die Kutschen rollen geräuschlos über den Kiesweg, ihre Insassen sind tief in ihre Mäntel gehüllt, die Hüte tief ins Gesicht gezogen.

Jakob von Stein steht am Fenster und beobachtet, wie die Gäste ankommen. Jeder von ihnen trägt ein Geheimnis, jeder ist bereit, alles zu tun, um mehr Macht zu erlangen.

Johann, ein alter Diener, der seit Jahrzehnten im Dienst der Familie von Stein steht, führt die Gäste durch die finsteren Gänge des Hauses in den tiefen Keller hinab.

Im Kellergewölbe brennen nur wenige Kerzen, die flackernden Flammen werfen gespenstische Schatten an die alten Steinwände. Der Raum ist groß, seine Wände bedeckt mit alten, vergilbten Wandteppichen, die geheimnisvolle Szenen darstellen.

In der Mitte des Raumes steht ein massiver Steinaltar, auf dem ein altes Buch liegt, das in dunkles Leder gebunden und mit seltsamen Symbolen verziert ist.

Jakob erhebt sich, als die letzten Gäste eintreffen. Er trägt eine dunkle Robe, und sein Gesicht ist zur Hälfte von einer Kapuze verdeckt.

„Meine Brüder und Schwestern", beginnt er mit tiefer Stimme, „Wir haben uns hier versammelt, um einen Bund zu schließen, der mächtiger ist als alles, was diese Stadt je gesehen hat. Unser Ziel ist: Die absolute Kontrolle über Eichenfeld."

Die Anwesenden, einflussreiche Kaufleute, Politiker und Geistliche, nicken zustimmend.

Jeder von ihnen hat seine eigenen Gründe, dem Orden beizutreten, doch sie alle teilen den Wunsch nach Macht und Einfluss. Die Atmosphäre ist geladen, Spannung liegt in der Luft

„Der Orden der Verborgenen wird im Schatten agieren", fährt Jakob fort. „Unsere wahren Absichten dürfen niemals ans Licht kommen. Wir werden uns regelmäßig treffen, um unsere Pläne zu schmieden und unsere Macht zu festigen. Doch seid gewarnt: Jeglicher Verrat wird mit dem Tod bestraft."

Er hebt das alte Buch und zeigt es den Anwesenden.

„Dieses Buch enthält die Rituale und Geheimnisse unseres Ordens. Es ist ein Erbe unserer Vorfahren, die die Macht der Dunkelheit kannten und zu nutzen wussten.

Jeder von euch wird einen Eid schwören, dieses Wissen zu schützen und niemals preiszugeben."

Die Mitglieder treten nacheinander vor, legen ihre Hände auf das Buch und sprechen den Schwur:

„Ich schwöre, die Geheimnisse des Ordens zu bewahren und meine Brüder und Schwestern zu schützen. Möge die Dunkelheit mich verschlingen, sollte ich diesen Eid brechen."

Jakob nickt zufrieden. „Willkommen im Orden der Verborgenen. Von nun an seid ihr nicht nur Verbündete, sondern auch Hüter eines uralten Wissens."

Die Stadt Eichenfeld ahnt nichts von den dunklen Machenschaften, die sich im Verborgenen abspielen. Doch die Schatten werden länger, und die Macht des Ordens wächst mit jedem Tag.

Die Mitglieder sind bereit, alles zu tun, um ihre Ziele zu erreichen, und sie schrecken vor nichts zurück.

Jakob von Stein steht am Fenster seines Hauses und blickt auf die Stadt hinunter. Ein boshaftes Lächeln spielt um seine Lippen.

„Eichenfeld wird uns gehören", flüstert er. „Niemand wird uns aufhalten unser Ziel zu erreichen."

Die Nächte in Eichenfeld sind von einer unheimlichen Stille erfüllt, die nur von einem gelegentlichem Wolfsgeheul und dem Rascheln der Blätter durchbrochen wird.

Die Mitglieder des Ordens der Verborgenen bereiten sich auf ihre geheimen Rituale vor, die tief unter der Erde, in den düsteren Katakomben des alten Herrenhauses stattfinden.

Heute ist eine besonders finstere Nacht. Der Mond ist hinter dichten Wolken verborgen, und der Nebel legt sich wie ein Schleier über die Stadt.

Jakob von Stein führt die Mitglieder des Ordens durch einen engen, gewundenen Tunnel hinunter in die Katakomben. Jeder Schritt hallt in der bedrückenden Stille wider, während die Fackeln, die sie tragen, flackernde Schatten an die feuchten Steinwände werfen.

In der großen, unterirdischen Halle herrscht eine unheimliche Atmosphäre. Die Wände sind mit seltsamen Symbolen und alten Schriftzeichen bedeckt, die das Wissen und die Macht des Ordens widerspiegeln.

Der große Steinaltar dominiert den Raum, umgeben von einer kreisförmigen Anordnung von Kerzen, deren Flammen unruhig tanzen und das Flackern des Lichts verstärken.

Jakob von Stein tritt an den Altar und breitet die Arme aus. Seine dunkle Robe bewegt sich kaum, als er die Mitglieder mit seinen scharfen Augen mustert.

„Brüder und Schwestern", beginnt er mit tiefer, eindringlicher Stimme, „heute Nacht werden wir die alten Götter um ihre Gunst und ihre Macht bitten.

Unsere Feinde sind zwar zahlreich und mächtig, doch mit den Kräften der Dunkelheit an unserer Seite werden wir unbesiegbar sein."

Die Mitglieder des Ordens nicken, ihre Gesichter sind ernst und konzentriert. Jeder von ihnen hat einen speziellen Gegenstand mitgebracht, der für das Ritual von Bedeutung ist - eine alte Münze, ein Schmuckstück, ein Buch mit verbotenen Schriften. Diese Artefakte werden auf dem Altar platziert, um die Götter zu besänftigen und ihre Macht herbeizurufen.

Jakob beginnt, in einer alten, längst vergessenen Sprache zu sprechen. Die Worte sind melodisch und hypnotisch, ihre Bedeutung nur den Eingeweihten bekannt. Die Mitglieder wiederholen diese Worte im Chor, ihre Stimmen vereinen sich zu einem unheimlichen Gesang, der durch die Hallen hallt und die Luft zum Schwingen bringt.

„Mächtige Götter der Dunkelheit", ruft Jakob schließlich, „wir rufen euch an. Gewährt uns eure Kräfte und schützt uns vor unseren Feinden. Lasst uns unbesiegbar werden."

Ein kalter Wind weht plötzlich durch die Halle, obwohl es keine sichtbare Quelle dafür gibt. Die Kerzenflammen flackern wild, und die Symbole an den Wänden scheinen für einen Moment lebendig zu werden, als würden sie sich bewegen und pulsieren.

Die Mitglieder des Ordens fühlen eine Welle der Macht durch ihre Körper strömen, eine Mischung aus Angst und Ehrfurcht erfasst sie.

Jakob hebt einen silbernen Kelch, der mit einer dunklen, dickflüssigen Substanz gefüllt ist. „Trinkt von diesem Kelch", befiehlt er, „und lasst die Macht der Götter in euch strömen."

Nacheinander treten die Mitglieder vor, nehmen den Kelch und trinken einen Schluck. Die Flüssigkeit ist bitter und hinterlässt ein brennendes Gefühl in ihren Kehlen, doch mit jedem Schluck fühlen sie sich stärker und mächtiger. Eine unheimliche Stille breitet sich aus, als der letzte von ihnen den Kelch zurückstellt und seinen Platz im Kreis wieder einnimmt.

Jakob schließt die Augen und murmelt eine letzte Beschwörung. Plötzlich beginnt der Boden unter ihren Füßen zu vibrieren, und ein leises, unheilvolles Raunen erfüllt die Halle.

Es ist, als ob die alten Götter selbst auf ihre Anrufung reagieren und ihre Präsenz in der Dunkelheit manifestieren.

„Die Götter haben uns ihre Gunst gewährt", sagt Jakob mit feierlicher Stimme. „Unsere Macht wird wachsen, und unsere Feinde werden vor uns erzittern. Doch denkt daran: Diese Macht kommt mit einem Preis. Wer den Orden verrät, wird die Gnade der Götter verlieren und für immer verflucht sein."

Alle Mitglieder verlassen nun die Halle in schweigender Eintracht. Jeder von ihnen spürt die neu gewonnene Macht in sich, doch auch die Last des Schwurs, den sie geleistet haben.

Die Rituale des Ordens sind nicht nur dazu da, ihre Kräfte zu stärken, sondern auch, um ihre Loyalität zu testen. Jeder, der das Vertrauen der Gruppe missbraucht oder ihre Geheimnisse verrät, wird gnadenlos bestraft.

Einige Tage später trifft sich Jakob von Stein mit seinen engsten Vertrauten, um die nächsten Schritte zu besprechen. Sie sitzen in einem geheimen Raum im Herrenhaus, der nur durch eine verborgene Tür erreichbar ist. Auf dem Tisch vor ihnen liegen Karten der Stadt, geheime Dokumente und Pläne für die zukünftigen Machenschaften des Ordens.

„Die Handelsrouten müssen gesichert werden", sagt Jakob bestimmt. „Wir dürfen keine Konkurrenz dulden. Unsere Agenten sollen alle Informationen beschaffen, die wir brauchen."

„Und was ist mit denjenigen, die sich uns widersetzen?", fragt eines der Mitglieder.

Jakob lächelt kalt. „Wir werden sie aus dem Weg räumen. Niemand darf unseren Plänen im Weg stehen."

Die Mitglieder des Ordens setzen ihre Macht rücksichtslos ein. Sie manipulieren die Märkte, erpressen ihre Feinde und sichern sich strategische Allianzen. Eichenfeld gerät immer mehr unter ihre Kontrolle, und die Stadtbewohner ahnen nichts von den dunklen Machenschaften, die im Verborgenen ablaufen.

Doch nicht alle sind mit den Methoden des Ordens einverstanden. Im Verborgenen regt sich Widerstand, und einige mutige Bürger von Eichenfeld beginnen, Nachforschungen anzustellen.

Einer dieser mutigen Bürger ist der junge Arzt Wilhelm Kamp. Er hat Verdacht geschöpft und beginnt, die Aktivitäten des Ordens zu hinterfragen. Wilhelm sammelt Beweise und versucht, die Wahrheit ans Licht zu bringen, doch er weiß, dass er vorsichtig sein muss.

„Wir müssen extrem vorsichtig vorgehen", sagt Wilhelm zu seinem Freund und Verbündeten, dem Lehrer Friedrich Weber. „Der Orden ist gefährlich. Wenn sie herausfinden, dass wir ihnen auf der Spur sind, werden sie nicht zögern, uns zu beseitigen."

„Aber wir können nicht untätig bleiben", antwortet Friedrich. „Die Stadt verdient es, die Wahrheit zu erfahren. Wir müssen einen Weg finden, um den Orden zu stoppen."

Die Tage in Eichenfeld vergehen scheinbar friedlich, doch hinter den Kulissen agiert der Orden der Verborgenen mit unermüdlicher Energie und eiskaltem Kalkül.

Jakob von Stein und seine engsten Vertrauten haben ihre Macht gefestigt und nutzen sie rücksichtslos, um ihre Ziele zu erreichen. Die Stadt wird zu ihrem Spielfeld, und jeder Zug ist präzise geplant.

Es ist neblige Dämmerung, als Jakob seine Vertrauten in das geheime Zimmer des Herrenhauses ruft.

Die Wände des Raumes sind mit Landkarten und alten Dokumenten bedeckt.

Kerzen flackern und werfen unheimliche Schatten, welche die Gesichter der Anwesenden noch bedrohlicher wirken lassen.

Jakob, in seine dunkle Robe gehüllt, steht vor einem großen Tisch und betrachtet die Karten, die die Handelsrouten und wichtigsten Orte der Stadt zeigen.

„Wir haben bereits viel erreicht", beginnt Jakob, seine Stimme ist leise, aber durchdringend. „Doch unsere Arbeit ist noch lange nicht getan. Die Kontrolle über Eichenfeld ist der erste Schritt. Unsere Macht muss sich weiter ausdehnen."

Seine engsten Vertrauten nicken zustimmend. Jeder von ihnen hat bereits Blut an seinen Händen und ist bereit, alles zu tun, um die Macht des Ordens zu sichern.

Unter ihnen ist Armin Schwarz, ein skrupelloser Geschäftsmann, der keine Gnade kennt.

Neben ihm steht Rosa Wagner, eine begabte Alchemistin, die ihre Fähigkeiten für den Orden einsetzt, um mächtige Gifte und Tränke zu brauen.

Jakob weist auf eine besonders wichtige Handelsroute. „Armin, du wirst dafür sorgen, dass diese Route unter unsere Kontrolle gerät. Besteche die Beamten, erpresse die Händler, mache, was nötig ist."

Armin grinst kalt. „Es wird getan, wie du es wünscht, Jakob."

In der Zwischenzeit ist Rosa damit beschäftigt, einen neuen Trank zu entwickeln. Ihre kleine, geheime Werkstatt ist voll von Fläschchen, Tiegeln und alten, ledergebundenen Büchern. Der Duft von Kräutern und Chemikalien liegt in der Luft, während sie konzentriert über ihren Kesseln steht.

„Dieser Trank wird uns helfen, unsere Feinde aus dem Weg zu räumen, ohne Spuren zu hinterlassen", murmelt sie und gießt sorgfältig eine tiefviolette Flüssigkeit in ein Glasfläschchen. „Ein Tropfen genügt, um einen Mann binnen Minuten zu töten."

Die Machenschaften des Ordens sind nicht auf die wirtschaftliche Kontrolle beschränkt. Ihre politischen Intrigen sind ebenso kaltblütig und gut durchdacht.

Jakob hat es geschafft, einige der einflussreichsten Männer der Stadt unter seine Kontrolle zu bringen. Bürgermeister Heinrich Krüger, ein Mann, der einst für seine Integrität bekannt war, ist jetzt ein williges Werkzeug in Jakobs Händen.

„Heinrich", sagt Jakob eines Abends bei einem geheimen Treffen, „du wirst sicherstellen, dass die neuen Gesetze zu unseren Gunsten ausfallen. Die Stadt muss weiterhin glauben, dass du ihr bester Freund bist, während du unsere Befehle ausführst."

Der Bürgermeister nickt gehorsam. „Natürlich, Jakob. Niemand wird etwas ahnen."

Der junge Arzt Wilhelm Kamp und der Lehrer Friedrich Weber haben in den letzten Wochen Beweise gesammelt - geheime Dokumente, Augenzeugenberichte und sogar einige von Rosas Flüssigkeiten, die er analysiert hat.

„Wir müssen aufpassen", sagt Wilhelm eines Abends zu Friedrich, als sie sich in Wilhelms Praxis treffen. „Der Orden ist gefährlich. Aber ich bin sicher, dass wir genug Beweise haben, um sie zu Fall zu bringen."

Friedrich nickt. „Wir müssen nur den richtigen Moment abwarten. Wir dürfen keinen Fehler machen."

Die Nacht ist tief und schwarz, als der Orden sich zu einem weiteren Ritual versammelt. Die Mitglieder tragen ihre dunklen Roben und Masken, die ihre Identität verbergen soll. Jakob steht vor dem Altar, seine Augen glühen vor Entschlossenheit.

„Brüder und Schwestern", beginnt er, „unsere Macht wächst, doch wir dürfen nicht nachlassen. Die Götter der Dunkelheit sind uns wohlgesonnen, doch wir müssen ihre Gunst weiterhin verdienen. Bereitet euch auf das Ritual vor."

Die Mitglieder knien nieder und beginnen, die alten Beschwörungen zu murmeln. Jakob hebt den silbernen Kelch und gießt eine dickflüssige, schwarze Substanz auf den Altar. Ein beißender Geruch erfüllt die Luft, und die Kerzenflammen flackern unruhig.

„Mächtige Götter der Dunkelheit", ruft Jakob, „nehmt unser Opfer an und gewährt uns eure Macht. Unsere Feinde werden vor uns fallen, und unsere Herrschaft wird ewig währen."

Die Mitglieder wiederholen die Worte, und ein leises Raunen erfüllt die Halle. Die Luft wird kälter, und die Symbole an den Wänden beginnen zu glühen.

Plötzlich ertönt ein Schrei. Eines der Mitglieder, ein junger Mann, der erst kürzlich in den Orden aufgenommen wurde, bricht zusammen. Sein Körper krümmt sich vor Schmerzen, und seine Augen sind weit aufgerissen.

„Verräter!", zischt Jakob und tritt vor. „Du hast unsere Geheimnisse preisgegeben!"

Der junge Mann versucht, etwas zu sagen, doch seine Stimme versagt. Jakob hebt eine Hand, und die Mitglieder packen den Verräter und zerren ihn zum Altar.

„Für deinen Verrat wirst du die Gnade der Götter verlieren", sagt Jakob kalt. „Möge deine Seele in der Dunkelheit vergehen."

Mit einem schnellen, entschlossenen Schnitt trennt Jakob die Kehle des Verräters durch. Das Blut fließt auf den Altar, und die Symbole leuchten noch heller.

Die anderen Mitglieder beobachten alles in schweigender Eintracht, aber ihre Augen sind voller Ehrfurcht und Angst.

Nach dem Ritual herrscht eine unheimliche Stille in der Halle.

Jakob wendet sich an die verbliebenen Mitglieder. „Lasst dies euch als Warnung dienen. Verrat wird nicht toleriert. Unsere Macht wird nur durch unsere Einheit und unsere Entschlossenheit erhalten bleiben. Geht jetzt und erfüllt eure Aufgaben."

Die Mitglieder verlassen die Halle, ihre Schritte hallen in der Stille wider. Jeder von ihnen weiß, dass der Preis für Verrat hoch ist, doch die Verlockung der Macht ist zu groß, um sie aufzugeben.

Die Machenschaften des Ordens werden fortgesetzt, und ihre Rituale und grausamen Taten bleiben im Verborgenen.

Währenddessen setzen Wilhelm Kamp und Friedrich Weber ihre Nachforschungen fort. Sie wissen, dass sie nur eine Chance haben, den Orden zu stoppen.

„Wir müssen schnell handeln", sagt Wilhelm entschlossen. „Jeder Tag, den wir warten, gibt ihnen mehr Zeit, ihre Macht zu festigen."

Friedrich nickt. „Wir müssen die Stadtbewohner warnen und ihnen die Wahrheit zeigen. Es wird gefährlich, aber wir dürfen nicht aufgeben."

Die Dunkelheit über Eichenfeld wird dichter, und die Spannung steigt. Der Orden der Verborgenen wird alles tun, um seine Macht zu schützen, doch Heinrich und Friedrich sind entschlossen, die Wahrheit ans Licht zu bringen. Die Stadt steht am Rande eines Abgrunds, und das Schicksal von Eichenfeld hängt am seidenen Faden.

Der Untergang des Ordens

Wilhelm Kamp und Friedrich Weber haben in den letzten Wochen intensiv daran gearbeitet, Beweise gegen den Orden der Verborgenen zu sammeln. Sie wissen, dass die Zeit drängt und dass jeder Fehler tödlich sein könnte.

Die Stadtbewohner ahnen nichts von den gefährlichen Machenschaften, die sich im Verborgenen abspielen, doch Wilhelm und Friedrich sind entschlossen, die Wahrheit ans Licht zu bringen.

Es ist eine stürmische Nacht, als Wilhelm und Friedrich sich in Wilhelms Praxis treffen. Der Wind heult um das Gebäude, und der Regen prasselt unaufhörlich gegen die Fenster. Die Atmosphäre ist düster, doch die beiden Männer sind fest entschlossen.

„Wir haben jetzt genug Beweise", sagt Wilhelm, seine Stimme fest. „Wir müssen jetzt handeln, bevor der Orden uns entdeckt."

Friedrich nickt und breitet die gesammelten Dokumente auf dem Tisch aus. „Diese Papiere zeigen die Verbindungen des Ordens zu den höchsten Kreisen der Stadt. Wir müssen sicherstellen, dass diese Informationen an die richtigen Stellen gelangen."

Während Wilhelm und Friedrich ihren Plan ausarbeiten, bleibt der Orden der Verborgenen nicht untätig. Jakob von Stein hat bereits Verdacht geschöpft und seine Männer ausgesandt, um die Verräter zu finden.

Der Druck auf den Orden wächst, und Jakob weiß, dass er handeln muss, um seine Macht zu schützen.

Es ist Mitternacht, als Jakob seine engsten Vertrauten zu einem dringenden Treffen im alten Herrenhaus ruft. Die Atmosphäre ist angespannt, die Kerzen werfen flackernde Schatten an die Wände, und die Gesichter der Anwesenden sind ernst.

„Wir haben vermutlich noch einen Verräter unter uns", beginnt Jakob mit eisiger Stimme. „Jemand hat unsere Geheimnisse preisgegeben. Wir müssen herausfinden, wer es war, und ihn zum Schweigen bringen, bevor es zu spät ist."

Die Mitglieder des Ordens nicken und beginnen, Pläne zu schmieden, um die Verräter zu finden. Sie wissen, dass sie keine Gnade zeigen dürfen, wenn sie ihre Macht behalten wollen.

Wilhelm und Friedrich sind sich der Gefahr bewusst, doch sie sind entschlossen, ihr Vorhaben fortzusetzen. In den frühen Morgenstunden verlassen sie Wilhelms Praxis und machen sich auf den Weg zu den Stadtbewohnern, um sie zu warnen. Sie wissen, dass ihre Zeit knapp ist und dass sie schnell handeln müssen.

„Wir müssen die Menschen überzeugen", sagt Wilhelm. „Sie müssen wissen, was der Orden getan hat."

Friedrich nickt. „Die Wahrheit wird ans Licht kommen."

Die Nachricht von den Machenschaften des Ordens verbreitet sich wie ein Lauffeuer in der Stadt. Die Menschen sind entsetzt über die Enthüllungen und fordern Gerechtigkeit. Der Widerstand gegen den Orden wächst, und die Stadtbewohner beginnen, sich zu organisieren.

Jakob von Stein erkennt die Gefahr und beschließt, einen letzten verzweifelten Schritt zu unternehmen, um seine Macht zu retten. Er ruft seine Vertrauten zu einem weiteren geheimen Treffen zusammen. Die Atmosphäre ist bedrückend, die Luft schwer von Angst und Unsicherheit.

„Wir müssen unsere Feinde eliminieren", sagt Jakob kalt. „Es ist unsere einzige Chance, unsere Macht zu bewahren. Heinrich Müller und Friedrich Weber müssen verschwinden."

Die Mitglieder des Ordens bereiten sich auf ihre mörderische Mission vor. Sie wissen, dass sie keine andere Wahl haben, wenn sie ihre Macht behalten wollen. Die Stadt wird zu einem gefährlichen Ort, und die Spannung steigt mit jeder Stunde.

In der Zwischenzeit sammeln Wilhelm und Friedrich weiterhin Beweise und bereiten sich darauf vor, die Stadtbewohner zu mobilisieren. Sie wissen, dass die Zeit gegen sie arbeitet, doch sie sind fest entschlossen, bis zum Ende zu kämpfen.

„Wir dürfen jetzt nicht aufgeben", sagt Wilhelm entschlossen.

Friedrich nickt. „Die Menschen müssen die Wahrheit erfahren. Es ist unsere einzige Chance."

Die Nacht, die alles verändern wird, bricht an. Heinrich und Friedrich haben sich mit einigen mutigen Stadtbewohnern im Rathaus versammelt, um ihre letzten Schritte zu planen.

„Wir müssen alle Stadtbewohner mobilisieren", sagt Wilhelm. „Jeder muss wissen, was der Orden getan hat, und jeder muss bereit sein, zu kämpfen."

Währenddessen bereitet sich der Orden der Verborgenen auf seinen letzten verzweifelten Angriff vor. Jakob von Stein und seine Männer machen sich in der Dunkelheit auf den Weg, bereit, ihre Feinde auszulöschen.

Es ist kurz vor Mitternacht, als die Stadtbewohner beginnen, sich auf den Straßen zu versammeln. Die Nachricht von den zahlreichen Enthüllungen hat die Menschen wachgerüttelt, und sie sind bereit, für ihre Stadt zu kämpfen. Wilhelm und Friedrich stehen an der Spitze der Menge, ihre Gesichter entschlossen.

„Die Zeit ist gekommen", sagt Wilhelm.

Friedrich hebt eine Hand und deutet auf das alte Herrenhaus. „Dort drüben sind sie. Wir müssen schnell handeln, bevor sie uns entdecken."

Die Menge beginnt, sich in Bewegung zu setzen, ihre Schritte hallen auf den Pflastersteinen wider. Die Dunkelheit umhüllt sie, doch ihre Wut auf den Orden und ihre Entschlossenheit ist unerschütterlich.

Im alten Herrenhaus versammeln sich Jakob und seine Männer um den Altar. Die Atmosphäre ist düster, die Kerzen flackern und werfen unheimliche Schatten an die Wände. Jakob hebt den silbernen Kelch und spricht die alten Beschwörungen.

„Mächtige Götter der Dunkelheit", ruft er, „gewährt uns eure Macht. Unsere Feinde sind zahlreich, doch wir werden sie vernichten. Lasst unsere Feinde in der Dunkelheit verenden."

Die Mitglieder des Ordens wiederholen die Worte, ihre Stimmen vereinen sich zu einem unheimlichen Chor. Die Luft wird kälter, und die Symbole an den Wänden beginnen zu glühen.

Plötzlich ertönt ein lautes Krachen. Die Tür des Herrenhauses wird aufgestoßen, und die Stadtbewohner stürmen hinein. Wilhelm und Friedrich führen die Menge an.

„Euer Ende ist gekommen, Jakob", ruft Wilhelm. „Die Stadt wird eure Machenschaften nicht länger dulden."

Ein wildes Chaos bricht aus. Die Mitglieder des Ordens greifen zu ihren Waffen, doch die Stadtbewohner sind zahlreicher und entschlossener. Die Kämpfe sind erbittert, die Schreie der Verletzten und Sterbenden erfüllen die Luft. Jakob kämpft wie ein Besessener, doch er weiß, dass seine Zeit abgelaufen ist.

„Ihr werdet niemals gewinnen!", schreit er, als Wilhelm und Friedrich auf ihn zukommen. „Die Macht der Dunkelheit wird euch vernichten!"

„Deine Zeit ist vorbei, Jakob", sagt Wilhelm ruhig. „Die Menschen haben die Wahrheit erfahren, und du wirst für deine Taten bezahlen."

Mit einem letzten verzweifelten Angriffsversuch stürzt sich Jakob auf Wilhelm, doch dessen Freund Friedrich ist schneller. Mit einem gezielten Hieb entwaffnet er Jakob und zwingt ihn zu Boden.

„Es ist vorbei", sagt Friedrich. „Die Stadt ist frei."

Die Stadtbewohner jubeln, als die letzten Mitglieder des Ordens gefangen genommen werden. Die Dunkelheit, die so lange über Eichenfeld geherrscht hat, beginnt zu weichen, und das Licht der Gerechtigkeit bricht durch.

Wilhelm und Friedrich stehen Seite an Seite, ihre Gesichter von Erleichterung und Triumph erfüllt. „Wir haben es geschafft", sagt Wilhelm leise. „Die Stadt ist gerettet."

Friedrich nickt. „Wir haben gemeinsam gekämpft, und wir haben gesiegt. Eichenfeld wird eine neue Zukunft haben."

In den folgenden Tagen werden die Reste des Ordens der Verborgenen zerschlagen. Jakob von Stein und seine engsten Vertrauten werden vor Gericht gestellt und für ihre Verbrechen zur Rechenschaft gezogen.

Die Stadtbewohner beginnen, die Narben der Vergangenheit zu heilen und eine neue Zukunft aufzubauen.

Wilhelm und Friedrich sind Helden, doch sie wissen, dass ihre Arbeit noch nicht getan ist.

Die Erinnerung an die dunklen Zeiten wird bleiben, doch sie sind entschlossen, Eichenfeld zu einem Ort des Lichts und der Hoffnung zu machen.

„Wir haben bewiesen, dass die Wahrheit immer siegt", sagt Wilhelm eines Abends. „Egal, wie dunkel die Zeiten auch sein mögen."

Friedrich legt eine Hand auf seine Schulter. „Und wir werden weiterhin für das Gute kämpfen."

Die Geschichte des Ordens der Verborgenen ist zu Ende, doch die Lektionen bleiben. Eichenfeld hat eine neue Zukunft, und die Stadtbewohner sind entschlossener denn je, ihre Heimat zu einem Ort des Friedens und der Gerechtigkeit zu machen.

Die Vergangenheit mag in den Schatten liegen, aber sie dient als Mahnung und Erinnerung. Die Menschen von Eichenfeld wissen jetzt, dass sie gemeinsam alles überwinden können, und sie blicken voller Hoffnung und Zuversicht in die Zukunft.

Mit dem Untergang des Ordens kehrt endlich wieder Frieden in Eichenfeld ein. Die Stadtbewohner beginnen, eine neue Zukunft aufzubauen.

Doch die Legenden und Gerüchte über den Orden der Verborgenen und den verborgenen Schatz bleiben in der Erinnerung der Stadt für immer lebendig.

Die Geschichte des Ordens wird über Generationen hinweg erzählt, bis sie schließlich in Vergessenheit gerät.

Doch tief in den Katakomben des alten Herrenhauses schlummert weiterhin das dunkle Geheimnis des Ordens, bereit, eines Tages wieder ans Licht zu kommen und neue Abenteuer zu entfachen.

Wie alles beginnt

Die Nacht hat sich über die kleine Stadt Eichenfeld gesenkt und hüllt die Straßen in eine undurchdringliche Dunkelheit. Ein dichter Nebel kriecht wie ein lebendiges Wesen aus dem Wald und verschlingt die letzten Spuren des Tageslichts.

Die alte Villa am Rande der Stadt wirkt wie ein stummer Zeuge vergangener Zeiten, seine Fenster schwarz und leer, als würden sie ein düsteres Geheimnis bewachen.

Im Schatten des Hauses bewegt sich ein Mann lautlos durch das hohe Gras. Die Kapuze tief ins Gesicht gezogen, die Hand fest um eine alte, ledergebundene Mappe geklammert, die mit geheimnisvollen Symbolen verziert ist schleicht er über das Grundstück. Er erreicht den verwitterten Eingang und stößt die knarrende Tür auf.

Im Inneren des Hauses ist die Luft kühl und feucht. Spinnweben hängen wie Schleier von der Decke, und der Geruch von Verfall und altem Holz liegt schwer in der Luft.

Mit zitternden Fingern öffnet der Mann die Mappe und zieht ein vergilbtes Pergament heraus. Die Augen wandern über die Karte, die geheimnisvolle Orte und verborgene Schätze verspricht. Ein flüchtiger Schatten huscht durch den Raum, und ein kalter Schauer läuft dem Mann über den Rücken.

Plötzlich ertönt ein leises Geräusch hinter ihm. Er wirbelt herum, doch da ist nichts außer der undurchdringlichen Dunkelheit. Ein Wispern, kaum mehr als ein Hauch, flüstert durch die Stille: „Hör auf zu suchen, sonst wirst du es bereuen."

Mit klopfendem Herzen greift der Mann nach dem Pergament und eilt zur Tür, die in die Nacht hinausführt. Doch die Worte hallen in seinem Kopf wider, und eine unheilvolle Vorahnung breitet sich aus.

Eichenfeld birgt Geheimnisse, die tief in der Vergangenheit verwurzelt sind, und das Dunkel der Nacht scheint lebendig zu werden, als der Mann im Schatten der alten Villa verschwindet.

In einer anderen Ecke der Stadt träumt Sophie von Abenteuern und unerforschten Geheimnissen. Sie ahnt nicht, dass das Schicksal bereits seine unsichtbaren Fäden spinnt und sie bald in eine Welt voller Gefahren und Rätsel ziehen wird.

Die Vergangenheit Eichenfelds ist dabei, sich zu offenbaren, und das Dunkel, das einst verborgen war, rührt sich.

Während die Stadt in einen unruhigen Schlaf fällt, erwacht etwas im Verborgenen.

Eine Geschichte von Mut, Freundschaft und Entschlossenheit beginnt.

Das Abenteuer, das Sophie, Tom, Lisa und Anna erwartet, wird sie auf eine Reise führen, die alles verändern könnte. Die Geheimnisse von Eichenfeld liegen in ihren Händen, und ihre Entschlossenheit wird auf eine harte Probe gestellt werden.

Der Nebel verdichtet sich, und die Nacht scheint endlos. Doch in der Dunkelheit glimmt ein Funke Hoffnung, bereit, die Wahrheit ans Licht zu bringen und die Stadt vor der drohenden Gefahr zu bewahren.

Die Reise hat gerade erst begonnen, und das Schicksal von Eichenfeld hängt am seidenen Faden.

Das Verschwinden

Die kleine Stadt Eichenfeld schläft, während ein feiner Regen auf die verlassenen Straßen fällt. Der Mond scheint durch die Wolkendecke und wirft ein silbriges Licht auf die alten Gebäude.

Es ist eine Stadt voller Geschichte, in der die Menschen sich kennen und Geheimnisse flüsternd weitergegeben werden. Doch heute Nacht wird ein neues Geheimnis geboren.

Sophie sitzt an ihrem Schreibtisch, die Stirn in Falten gelegt, während sie über ihren Hausaufgaben brütet. Ihr Zimmer ist ein Sammelsurium von Büchern, Postern und Notizen, die ihre Neugier und ihren Wissensdurst widerspiegeln. Ihr Handy summt, und als sie es aufhebt, sieht sie eine Nachricht von Max.

„Treffen uns um 10 an der alten Brücke. Wichtige Neuigkeiten. – Max"

Sophie seufzt und legt den Stift zur Seite. Es ist typisch für Max, geheimnisvoll zu tun. Sie wirft einen Blick auf die Uhr. Es ist bereits viertel vor zehn. Schnell schlüpft sie in ihre Jacke und schleicht sich aus dem Haus, um ihre Eltern nicht zu wecken.

Die Straßen von Eichenfeld sind still und dunkel, nur das leise Plätschern des Regens und das ferne Heulen eines Hundes durchbrechen die Stille.

Als Sophie die alte Brücke erreicht, ist Max nirgends zu sehen. Sie zieht ihre Jacke enger um sich und wartet, der Regen beginnt langsam, in ihre Kleidung zu sickern.

„Max, wo steckst du?", murmelt sie und tritt unruhig von einem Fuß auf den anderen. Minuten vergehen, und das Gefühl der Beklommenheit verstärkt sich. Plötzlich hört sie Schritte hinter sich und sie dreht sich erschrocken um.

„Tom! Was machst du hier?", fragt sie erleichtert, als sie ihren Freund erkennt.

Tom tritt unter den schwachen Schein einer Straßenlaterne. „Ich könnte dasselbe dich fragen. Was machst du hier mitten in der Nacht?"

„Max hat mir eine Nachricht geschickt. Er sagte, er hätte wichtige Neuigkeiten und wollte sich hier mit mir treffen. Aber er ist nicht aufgetaucht."

Tom runzelt die Stirn. „Das klingt nicht nach Max. Lass uns nach ihm suchen. Vielleicht ist etwas passiert."

Gemeinsam durchstreifen sie die Straßen und rufen immer wieder nach Max. Doch die Dunkelheit verschluckt ihre Rufe, und kein Zeichen von ihm ist zu sehen. Nach einer Stunde der vergeblichen Suche entschließen sie sich, zur Polizei zu gehen.

Im Polizeirevier von Eichenfeld herrscht nächtliche Ruhe. Kommissar Müller, ein älterer Polizist mit grauem Haar und müden Augen, blickt auf, als die beiden Jugendlichen eintreten.

„Guten Abend, was führt euch zu dieser späten Stunde hierher?", fragt er freundlich.

Sophie tritt vor und erklärt die Situation.

„Unser Freund Max ist verschwunden. Er hat mir eine Nachricht geschickt, dass wir uns treffen sollen, aber er ist nicht aufgetaucht. Wir haben überall nach ihm gesucht."

Kommissar Müller lehnt sich in seinem Stuhl zurück und runzelt die Stirn. „Max, sagst du? Wie alt ist er?"

„Sechzehn", antwortet Sophie.

Müller nickt langsam. „Wir haben schon häufiger solche Fälle gehabt, wo Jugendliche einfach für eine Weile verschwinden. Meistens tauchen sie nach ein paar Stunden oder einem Tag wieder auf. Wir werden die Augen offenhalten, aber ich bin sicher, dass er bald wieder auftaucht."

„Sie verstehen nicht", drängt Sophie. „Das ist nicht typisch für Max. Etwas stimmt nicht."

Kommissar Müller mustert sie einen Moment lang, dann seufzt er.

„Ich werde eine Streife losschicken und nach ihm suchen lassen. Aber ihr solltet nach Hause gehen und versuchen, ein wenig Schlaf zu bekommen. Wenn wir etwas finden, lassen wir es euch wissen."

Widerwillig verlassen Sophie und Tom das Polizeirevier. Der Regen hat aufgehört, aber die Straßen sind noch immer nass und glänzend im Mondlicht.

„Was machen wir jetzt?", fragt Tom.

Sophie beißt sich auf die Lippe und denkt nach. „Ich gehe nicht nach Hause, bevor ich nicht weiß, was mit Max passiert ist. Er muss irgendwo sein. Wir müssen die Suche fortsetzen."

Tom nickt zustimmend. „Ich bin bei dir. Lass uns zu seinem Haus gehen. Vielleicht finden wir dort einen Hinweis."

Als sie Max' Haus erreichen, ist es dunkel und still. Sie schleichen sich um das Gebäude und finden ein offenes Fenster im

Erdgeschoss. Mit einem schnellen Blick über die Schulter klettern sie hinein.

Max' Zimmer ist ein Chaos aus Büchern, Kleidern und Gadgets. Sophie durchsucht den Schreibtisch, während Tom den Kleiderschrank inspiziert.

Plötzlich hält Sophie inne. Unter einem Stapel Papiere findet sie ein kleines Notizbuch, dessen Seiten mit rätselhaften Symbolen und Notizen bedeckt sind.

„Tom, schau dir das an", flüstert sie und hält das Notizbuch hoch.

Tom tritt näher und blättert durch die Seiten. „Was sind das für Symbole? Das sieht aus wie eine Art Code."

„Ich weiß es nicht, aber ich glaube, es ist wichtig. Max hat etwas herausgefunden, und das hat ihn vermutlich in echte Schwierigkeiten gebracht."

In diesem Moment hören sie das leise Knarren einer Tür. Sie erstarren, als sie Schritte auf dem Flur hören. Schnell verstecken sie sich unter dem Bett, die Angst treibt ihr Herz zum Rasen.

Die Schritte kommen näher und stoppen direkt vor dem Zimmer. Die Tür öffnet sich, und eine Gestalt betritt den Raum.

„Max, bist du hier?", ruft eine tiefe, raue Stimme. Es ist nicht die Stimme von Max' Vater, sondern jemand Fremdes.

Die Gestalt durchsucht das Zimmer und murmelt etwas Unverständliches vor sich hin. Schließlich findet sie nichts und verlässt den Raum wieder. Sophie und Tom warten, bis die Schritte verklungen sind, bevor sie vorsichtig unter dem Bett hervorkriechen.

„Wir müssen hier raus", flüstert Tom. „Wer auch immer das war, er sucht garantiert nach dem gleichen wie wir."

Sophie nickt und steckt das Notizbuch ein. „Lass uns gehen, bevor er zurückkommt."

Sie klettern wieder aus dem Fenster und laufen durch die dunklen Straßen, bis sie bei Sophie zu Hause ankommen. Dort setzen sie sich auf den Boden ihres Zimmers und beginnen, das Notizbuch genauer zu untersuchen.

„Diese Symbole sehen aus wie alte Schriftzeichen", sagt Tom. „Vielleicht sollten wir jemanden fragen, der sich damit auskennt."

Sophie nickt. „Ich kenne jemanden, der uns helfen könnte. Meine Geschichtslehrerin, Frau Schneider, hat sich mit alten Schriften beschäftigt. Wir sollten morgen früh zu ihr gehen."

Die Nacht vergeht, und der Morgen dämmert über Eichenfeld. Sophie und Tom können kaum schlafen, ihre Gedanken kreisen unaufhörlich um Max und die rätselhaften Symbole.

Als die ersten Sonnenstrahlen durch das Fenster fallen, machen sie sich auf den Weg zur Schule, das Notizbuch fest in Sophies Händen.

Frau Schneider ist eine ältere Dame mit silbernem Haar und einem weisen Blick. Sie ist bekannt für ihre Leidenschaft für Geschichte und ihre Fähigkeit, selbst die schwierigsten Rätsel zu lösen.

Als Sophie und Tom ihr das Notizbuch zeigen, setzt sie ihre Brille auf und beginnt, die Seiten zu studieren.

„Das ist sehr interessant", murmelt sie nach einer Weile. „Diese Symbole stammen aus einer alten Geheimsprache, die von bestimmten Gruppen verwendet wurde, um Nachrichten zu verschlüsseln."

„Was bedeutet das?", fragt Sophie gespannt.

„Es bedeutet, dass Max etwas sehr Wichtiges entdeckt haben könnte. Diese Symbole sind nicht leicht zu entschlüsseln, aber ich werde mein Bestes tun, um euch zu helfen. Gebt mir etwas Zeit, und ich werde sehen, was ich herausfinden kann."

Sophie und Tom danken ihr und machen sich auf den Weg zurück in den Unterricht. Doch ihre Gedanken sind weit entfernt von den Schulbüchern. Sie wissen, dass sie nur an der Oberfläche eines tiefen Geheimnisses gekratzt haben. Und je tiefer sie graben, desto gefährlicher scheint es zu werden.

Die Stunden vergehen, und am Nachmittag erhalten sie endlich eine Nachricht von Frau Schneider. „Kommt bitte so schnell ihr könnt zu mir ins Büro. Ich habe etwas entdeckt."

Mit klopfendem Herzen eilen sie zu ihrem Büro. Frau Schneider empfängt sie mit ernster Miene und hält das Notizbuch in der Hand.

„Ich habe einen Teil der Symbole entschlüsselt", sagt sie. „Es scheint eine Art Wegbeschreibung zu sein. Ich bin mir noch nicht ganz sicher, aber die Wegbeschreibung deutet auf ein Gebäude am Stadtrand hin. Gebt mir noch etwas Zeit. Morgen kann ich euch mehr Details nennen."

Sophie und Tom sehen sich an, eine Mischung aus Angst und Entschlossenheit in ihren Augen. Sie wissen, dass sie keine andere Wahl haben, als diesem Hinweis zu folgen. Die Wahrheit wartet dort draußen, verborgen in den Schatten eines alten Gebäudes.

„Wir müssen dorthin gehen", sagt Sophie fest. „Wir müssen herausfinden, was Max entdeckt hat und warum er so plötzlich verschwunden ist."

Tom nickt. „Dann machen wir uns bereit. Wir werden die Wahrheit herausfinden. Warten wir ab, was Frau Schneider uns morgen berichten wird."

Und so bricht die Nacht wieder über Eichenfeld herein, doch diesmal ist es eine Nacht voller Vorahnungen und ungewisser Gefahren.

Sophie und Tom sind entschlossen, das Rätsel zu lösen, egal was passieren kann.

In den dunklen Ecken der Stadt warten Antworten, die lange vergessen waren, und Geheimnisse, die bereit sind, ans Licht zu kommen.

Die Spurensuche

Die Morgensonne taucht die Stadt Eichenfeld in ein goldenes Licht, das jedoch nicht die Schatten der Ungewissheit vertreiben kann, die über Sophie und Tom hängen.

Nachdem sie kaum Schlaf gefunden haben, machen sich die beiden früh auf den Weg zur Schule. Ihre Gedanken sind weit entfernt von Mathematik und Geschichte – sie kreisen unaufhörlich um das rätselhafte Notizbuch und Max' Verschwinden.

Als sie Frau Schneiders Büro erreichen, klopft Sophie an die Tür. Eine freundliche Stimme ruft sie herein, und sie betreten das Büro, das vollgestopft ist mit Büchern, alten Karten und mysteriösen Artefakten.

„Ah, Sophie, Tom. Setzt euch doch", sagt Frau Schneider, ohne ihren Blick von dem Notizbuch zu heben, das vor ihr auf dem Schreibtisch liegt.

„Ich habe mir das hier angesehen, und es ist wirklich faszinierend. Diese Symbole sind sehr alt und stammen vermutlich aus der Zeit des Mittelalters."

„Was bedeuten sie?", fragt Sophie gespannt.

„Es ist definitiv eine Art verschlüsselte Wegbeschreibung", erklärt Frau Schneider.

„Wenn meine Vermutungen richtig sind, dann führen diese Symbole zu einem Ort, der seit Jahrzehnten in Vergessenheit geraten ist - die alte Villa am Stadtrand."

Tom runzelt die Stirn. „Was ist so besonders an dieser Villa?"

„Die Villa hat eine düstere Geschichte", beginnt Frau Schneider.

„Sie wurde im 18. Jahrhundert von einer wohlhabenden Familie erbaut, die sich dem Okkultismus verschrieben hatte. Es gab Gerüchte über dunkle Rituale und unheimliche Ereignisse. Vor etwa hundert Jahren verschwand die gesamte Familie spurlos, und seitdem steht die Villa leer."

Sophie spürt einen kalten Schauer über ihren Rücken laufen. „Und Sie denken, dass Max etwas mit dieser Villa zu tun hat?"

„Es scheint so", antwortet Frau Schneider. „Das Notizbuch deutet darauf hin, dass er etwas entdeckt hat, das ihn zu der Villa geführt hat. Vielleicht dachte er, dass er dort Antworten findet."

Tom blickt Sophie entschlossen an. „Wir müssen dorthin gehen und nachsehen. Wir müssen herausfinden, was Max gefunden hat."

„Seid vorsichtig", warnt Frau Schneider. „Die Villa ist alt und komplett baufällig. Und wer weiß, was für Geheimnisse sie wirklich verbirgt."

Sophie und Tom danken Frau Schneider und verlassen das Büro. Die Schule scheint an diesem Tag endlos, ihre Gedanken sind bei Max und der alten Villa. Als der letzte Gong ertönt, machen sie sich auf den Weg zu Toms Haus, um Ausrüstung für die Erkundung zusammenzustellen.

„Wir brauchen Taschenlampen, Seile und vielleicht auch ein paar Snacks", sagt Tom, als sie sein Zimmer betreten.

Sophie nickt. „Und wir sollten unsere Handys aufladen. Wer weiß, wie lange wir dort sein werden."

Während sie die Ausrüstung zusammenstellen, fällt Tom plötzlich etwas ein. „Hast du eigentlich bemerkt, dass jemand anderes auch nach dem Notizbuch gesucht hat? Der Typ letzte Nacht - er wusste, wonach er suchte."

„Stimmt", antwortet Sophie nachdenklich. „Aber wer war er? Und warum ist das Notizbuch so wichtig?"

„Vielleicht finden wir Antworten in der Villa", sagt Tom. „Wir müssen einfach nur vorsichtig sein."

Die Nacht bricht herein, und Eichenfeld versinkt erneut in Dunkelheit. Sophie und Tom machen sich auf den Weg zur alten Villa.

Der Mond scheint hell und wirft unheimliche Schatten auf den Weg, den sie gehen. Die Villa erhebt sich vor ihnen wie ein dunkler Koloss, ihre Fenster sind zerbrochen, und das Tor knarrt im Wind.

„Das ist es", flüstert Sophie und leuchtet mit ihrer Taschenlampe auf das verfallene Gebäude.

„Wir sollten zuerst die Umgebung überprüfen", schlägt Tom vor. „Vielleicht gibt es da draußen noch andere Hinweise."

Sie schleichen um die Villa herum und entdecken einen überwucherten Garten, in dem sich eine alte Statue befindet. Die Statue zeigt eine Frau, die ein Buch in den Händen hält. Auf dem Sockel sind dieselben Symbole eingraviert, die auch im Notizbuch zu finden sind.

„Sophie, sieh dir das an", ruft Tom aufgeregt.

Sophie tritt näher und studiert die Symbole. „Das ist unglaublich. Es muss hier etwas geben, das wir übersehen haben."

Plötzlich hören sie ein leises Geräusch, als ob jemand durch das hohe Gras schleichen würde. Sie drehen sich um und leuchten mit ihren Taschenlampen in die Dunkelheit, aber sie sehen nichts.

„Wir sind nicht allein", flüstert Tom. „Jemand beobachtet uns."

„Wir müssen ins Haus", sagt Sophie. „Vielleicht sind wir drinnen sicherer."

Sie betreten die Villa durch eine halb offene Tür. Drinnen ist es dunkel und staubig, und der modrige Geruch des Verfalls hängt schwer in der Luft.

Die Holzdielen knarren unter ihren Füßen, und die Schatten scheinen zu tanzen, während sie sich vorsichtig durch die Räume bewegen.

„Wo fangen wir an?", fragt Tom und leuchtet in einen langen Korridor.

„Wir sollten nach Hinweisen suchen, die Max hierhergeführt haben könnten", antwortet Sophie. „Vielleicht hat er etwas hinterlassen, das uns weiterhilft."

Sie durchkämmen die Räume und finden alte Möbel, zerbrochene Spiegel und verstaubte Bücher. Nichts scheint von Bedeutung zu sein, bis sie auf eine verschlossene Tür stoßen, die in den Keller führt.

„Das sieht vielversprechend aus", sagt Tom und drückt gegen die Tür. „Aber sie ist verschlossen."

„Vielleicht gibt es einen anderen Weg hinein", schlägt Sophie vor. „Lass uns weitersuchen."

Sie finden eine versteckte Falltür in der Küche, die ebenfalls in den Keller führt. Mit vereinten Kräften öffnen sie die schwere Tür und steigen die Stufen vorsichtig hinunter. Der Keller ist dunkel und kalt, und die Luft ist feucht.

„Sei vorsichtig", warnt Sophie, als sie die letzten Stufen erreichen. „Wir wissen nicht, was uns hier unten erwartet."

Im schwachen Licht ihrer Taschenlampen erkennen sie alte Kisten, Regale voller verstaubter Flaschen und seltsame, altertümliche Geräte. In einer Ecke entdecken sie ein altes Tagebuch, das auf einem Tisch liegt.

„Sophie, sieh dir das an", ruft Tom und hebt das Buch vorsichtig auf.

Sophie blättert durch die Seiten. „Es ist voll mit denselben Symbolen wie das Notizbuch. Das hier muss wichtig sein."

Plötzlich hören sie ein Geräusch, als ob jemand langsam die Kellertreppe hinunterkommt. Sie erstarren und löschen ihre Taschenlampen. Schritte nähern sich, und das Licht einer anderen Taschenlampe flackert im Keller.

„Versteck dich", flüstert Sophie und zieht Tom hinter einen Stapel Kisten.

Sie halten den Atem an, als die Schritte näherkommen. Eine Gestalt betritt den Keller und leuchtet mit ihrer Taschenlampe umher. Es scheint derselbe Mann zu sein, den sie in der Nacht zuvor gesehen haben.

„Er sucht wohl auch nach dem Tagebuch", flüstert Tom leise.

Sophie nickt. „Wir müssen herausfinden, wer er ist und was er will."

Der Mann durchsucht den Keller, scheint jedoch nichts zu finden. Schließlich gibt er auf und verlässt den Keller wieder. Sophie und Tom warten noch eine Weile, bevor sie sich aus ihrem Versteck wagen.

„Das war knapp", sagt Tom und wischt sich den Schweiß von der Stirn. „Was machen wir jetzt?"

„Wir nehmen das Tagebuch mit und versuchen, es zu entschlüsseln", entscheidet Sophie. „Vielleicht finden wir darin Hinweise, die uns zu Max führen."

Sie klettern aus dem Keller und verlassen die Villa. Draußen scheint die Luft klarer, und die Sterne leuchten hell am Himmel. Doch die Bedrohung ist nicht verschwunden. Sie wissen, dass der Fremde nicht aufgeben wird und dass sie vorsichtig sein müssen.

Zurück in Sophies Zimmer setzen sie sich auf den Boden und beginnen, das Tagebuch zu studieren. Seite für Seite arbeiten sie sich durch die rätselhaften Symbole und Notizen.

„Hier steht etwas über einen geheimen Raum in der Villa", sagt Sophie und zeigt auf eine Passage. „Vielleicht hat Max ja genau diesen Raum gesucht."

„Wir müssen wohl zurück und weiter suchen", sagt Tom entschlossen. „Aber wir müssen besser vorbereitet sein. Wir brauchen mehr Licht und Werkzeuge, um jede Ecke zu durchsuchen."

Am nächsten Tag bereiten sie sich noch gründlicher vor. Sie besorgen sich zusätzliche Taschenlampen, Seile, eine Brechstange und Verpflegung. Sie wissen, dass die Suche gefährlich ist, aber sie sind entschlossen, Max zu finden.

Als die Nacht hereinbricht, machen sie sich wieder auf den Weg zur Villa. Diesmal sind sie besser vorbereitet und wissen, worauf sie achten müssen.

Die Villa wirkt im Mondlicht noch viel unheimlicher, doch sie lassen sich nicht abschrecken.

„Wir müssen diesen geheimen Raum finden", sagt Sophie, als sie die Villa betreten. „Das Tagebuch deutet darauf hin, dass er irgendwo im Keller ist."

Sie steigen erneut die Treppe zum Keller hinunter und beginnen systematisch, die Wände und Böden abzusuchen. Schließlich entdecken sie eine lose Bodenplatte, die vermutlich zu einem verborgenen Raum führt.

„Hier ist es", ruft Tom und hebt die Platte an.

Eine alte, rostige Leiter lehnt am Rahmen der Öffnung. Sophie und Tom steigen vorsichtig in den Raum hinab.

Drinnen ist es dunkel und kalt, und ein muffiger Geruch steigt ihnen in die Nase. Im Licht ihrer Taschenlampen erkennen sie alte Kisten, Regale voller verstaubter Bücher und seltsame Gerätschaften.

„Was ist das alles?", fragt Tom und leuchtet auf ein altes, verrostetes Metallgestell.

„Das sieht aus wie ein Altar", murmelt Sophie und tritt näher. „Sie haben hier wirklich Rituale abgehalten."

Der geheime Raum ist klein und dunkel, doch in einer Ecke liegt etwas, das ihre Aufmerksamkeit erregt. Es ist eine Kiste, die mit denselben Symbolen wie das Tagebuch verziert ist.

„Was ist das?", fragt Sophie und öffnet vorsichtig die Kiste.

Drinnen finden sie alte Dokumente, Fotos und ein weiteres Notizbuch. Sie beginnen, die Dokumente durchzusehen und entdecken dabei, dass sie Hinweise auf die dunkle Vergangenheit der Villa enthalten.

„Diese Familie war wirklich in etwas sehr Dunkles verwickelt", murmelt Sophie. „Rituale, Opferungen... das ist schrecklich."

„Kein Wunder, dass Max in Schwierigkeiten geraten ist", sagt Tom. „Er hat etwas entdeckt. Und diese Leute wollten nicht, dass jemand etwas davon erfährt."

„Wir müssen das alles der Polizei zeigen", sagt Sophie. „Kommissar Müller wird uns helfen können."

Doch bevor sie den Raum verlassen können, hören sie oben erneut Schritte. Diesmal sind es mehrere Personen, die sich nähern. Die Luft wird kälter, und Sophie spürt eine Gänsehaut auf ihren Armen.

„Wir sind in Schwierigkeiten", flüstert Tom. „Was machen wir jetzt?"

Sophie denkt nach. „Wir warten hier unten, bis sie weg sind. Wir können nicht riskieren, dass sie uns finden."

Sie verstecken sich hinter einigen alten Möbeln und halten den Atem an. Die Stimmen kommen näher.

„Durchsucht den gesamten Keller", befiehlt die raue Stimme. „Sie müssen hier irgendwo sein."

Die Männer durchsuchen den Keller gründlich, doch sie finden nichts. Schließlich geben sie auf und verlassen die Villa.

„Wir müssen noch viel vorsichtiger werden", sagt Sophie, als sie aus ihrem Versteck hervorkriechen. „Diese Leute meinen es verdammt ernst."

„Was machen wir jetzt?", fragt Tom.

„Wir nehmen die Dokumente und das Tagebuch und gehen zur Polizei, Kommissar Müller muss davon erfahren", antwortet Sophie. „Es ist zu gefährlich, hier zu bleiben."

Mit zittrigen Händen packen sie die Beweise ein und verlassen die Villa.

Draußen ist die Luft klar und kalt, und die Sterne leuchten hell am Himmel.

Sie machen sich sofort auf den Weg zur Polizeiwache, fest entschlossen, die Wahrheit ans Licht zu bringen.

Im Polizeirevier empfängt sie Kommissar Müller mit besorgter Miene.

„Was habt ihr gefunden?", fragt er, als sie ihm die Dokumente und das Tagebuch zeigen.

„Max hat etwas entdeckt, was niemand erfahren soll", erklärt Sophie. „Er ist vermutlich in sehr großer Gefahr."

Kommissar Müller blättert durch die Dokumente und runzelt die Stirn. „Das ist sehr ernst. Wir werden sofort etwas unternehmen müssen. Ihr habt gute Arbeit geleistet."

Sophie und Tom fühlen sich erleichtert, doch sie wissen, dass die Gefahr noch nicht vorbei ist. Sie müssen weiterhin vorsichtig sein und darauf hoffen, dass die Polizei schnell handelt.

Die Nacht vergeht, und der Morgen bringt neue Hoffnung. Doch in den Schatten von Eichenfeld lauern noch immer Geheimnisse und Gefahren, die darauf warten, ans Licht gebracht zu werden.

Sophie und Tom wissen, dass ihre Reise noch lange nicht zu Ende ist und dass sie weiterhin mutig und entschlossen sein müssen, um die Wahrheit zu enthüllen und ihren Freund Max zu retten.

Die Bedrohung wächst

Der nächste Tag beginnt in Eichenfeld mit einem düsteren Himmel, als ob die Stadt selbst die bedrohliche Atmosphäre spüren könnte, die über ihr liegt.

Sophie und Tom, beide erschöpft von den Ereignissen der letzten Nacht, sind dennoch entschlossen, weiterzumachen. Max' Verschwinden lastet schwer auf ihnen, und sie wissen, dass sie die Wahrheit herausfinden müssen, egal welche Gefahren auf sie lauern.

Am frühen Nachmittag sitzen sie in einem kleinen Café in der Nähe der Schule, um ihre nächsten Schritte zu besprechen. Das Café ist fast leer, die wenigen Gäste wirken abwesend und in ihre eigenen Gespräche vertieft.

„Wir müssen vorsichtig sein", sagt Tom und rührt gedankenverloren in seinem Kaffee. „Diese Leute sind gefährlich, und sie wissen jetzt, dass wir hinter ihnen her sind."

Sophie nickt und wirft einen Blick auf die anderen Gäste. „Wir können niemandem vertrauen. Aber wir müssen weitermachen. Es gibt noch so viele unbeantwortete Fragen."

Plötzlich vibriert Sophies Handy in ihrer Tasche. Sie zieht es heraus und sieht eine unbekannte Nummer auf dem Display. Zögernd nimmt sie den Anruf an.

„Hört auf zu suchen, sonst werdet ihr es bereuen", sagt eine tiefe, bedrohliche Stimme am anderen Ende der Leitung.

Sophie erstarrt und fühlt, wie ihr Herz schneller schlägt. „Wer bist du? Was hast du mit Max gemacht?"

„Das ist eure letzte Warnung", sagt der Anrufer kalt. „Hört auf, sonst werden die Konsequenzen tödlich sein."

Bevor Sophie etwas erwidern kann, legt der Anrufer auf. Sie starrt fassungslos auf ihr Handy und spürt eine kalte Welle der Angst.

„Was ist passiert?", fragt Tom besorgt und beugt sich vor.

„Jemand hat uns gewarnt", murmelt Sophie. „Er hat gesagt, wir sollen aufhören zu suchen, sonst werden wir es bereuen."

Tom runzelt die Stirn. „Das ist ernst. Wir müssen sofort zur Polizei."

„Nein", widerspricht Sophie und schüttelt den Kopf. „Wenn wir zur Polizei gehen, verlieren wir möglicherweise wertvolle Zeit. Wir müssen selbst herausfinden, wer diese Leute sind und was sie mit Max gemacht haben."

Tom seufzt, doch er weiß, dass Sophie recht hat. „Gut, aber wir müssen extrem vorsichtig sein. Ab jetzt sind wir immer zusammen und lassen uns nicht aus den Augen."

Am späten Nachmittag machen sie sich auf den Weg zu Sophies Haus, um dort weitere Nachforschungen anzustellen.

Als sie die Straße entlanggehen, bemerken sie einen schwarzen Wagen, der langsam hinter ihnen herfährt. Die Fenster sind getönt, sodass sie den Fahrer nicht sehen können.

„Ich glaube, wir werden beobachtet", flüstert Tom und drückt Sophies Hand.

„Lass uns einen Umweg machen", sagt Sophie leise. „Wir müssen sicherstellen, dass sie uns nicht direkt nach Hause folgen."

Sie biegen in mehrere Seitenstraßen ein und versuchen, den Wagen abzuhängen. Doch jedes Mal, wenn sie denken, sie hätten ihn abgeschüttelt, taucht er wieder auf.

„Das ist unheimlich", murmelt Sophie, als sie schließlich in ihre Straße einbiegen. „Wir müssen herausfinden, wer das ist."

Sie erreichen Sophies Haus und schlüpfen schnell hinein. Aus dem Fenster beobachten sie den schwarzen Wagen, der kurz vor dem Haus anhält und dann weiterfährt.

„Wir müssen viel besser vorbereitet sein", sagt Tom entschlossen. „Diese Leute meinen es ernst. Lass uns alle Informationen durchgehen, die wir haben, und einen Plan machen."

Die beiden setzen sich an den Küchentisch und breiten die Dokumente und Notizen aus, die sie in der Villa gefunden haben. Sie arbeiten konzentriert und versuchen, alle Puzzleteile zusammenzusetzen.

„Diese Familie war wirklich in dunkle Rituale verwickelt", murmelt Sophie und deutet auf eine alte Fotografie, die einen Kreis von Menschen in schwarzen Roben zeigt. „Aber was hat das mit Max zu tun?"

„Vielleicht hat er etwas entdeckt, das sie schützen wollen", überlegt Tom. „Etwas, das so gefährlich ist, dass sie bereit sind, uns zu töten, um es zu verbergen."

Plötzlich klingelt Sophies Handy erneut. Sie starrt auf das Display und sieht, dass es wieder eine unbekannte Nummer ist. Zögernd nimmt sie den Anruf an und schaltet auf Lautsprecher.

„Ich habe euch gewarnt", sagt die bedrohliche Stimme. „Das ist eure letzte Chance, aufzuhören."

„Wer bist du?", fragt Sophie mit fester Stimme. „Was hast du mit Max gemacht?"

„Max ist an einem sicheren Ort", antwortet der Anrufer. „Aber wenn ihr weitermacht, wird er es nicht lange überleben."

„Was wollt ihr von uns?", fragt Tom, der sich neben Sophie stellt. „Warum bedroht ihr uns?"

„Das werdet ihr noch früh genug erfahren", sagt die Stimme. „Aber jetzt, hört mit euren Nachforschungen sofort auf, oder ihr werdet es bitter bereuen."

Der Anrufer legt auf, und Sophie und Tom tauschen besorgte Blicke. Die Bedrohung ist real, und sie wissen, dass sie sich in sehr großer Gefahr befinden.

„Wir müssen handeln", sagt Tom entschlossen. „Wir können nicht einfach warten, bis sie uns angreifen. Wir müssen herausfinden, wer sie sind, und sie aufhalten."

Sophie nickt. „Aber wie? Wir wissen kaum etwas über sie."

„Vielleicht gibt es noch mehr Hinweise in der Villa", überlegt Tom. „Wir haben noch nicht alles durchsucht."

Am nächsten Morgen machen sie sich erneut auf den Weg zur Villa. Diesmal schleichen sie sich vorsichtiger an, immer auf der Hut vor möglichen Beobachtern.

Die Villa liegt still und verlassen vor ihnen und sie spüren, dass die Gefahr noch lange nicht vorbei ist.

„Wir müssen in den Keller", flüstert Sophie. „Vielleicht haben wir etwas übersehen."

Sie schleichen durch das verfallene Gebäude und erreichen den Keller. Die Luft ist kalt und feucht, und der modrige Geruch ist noch immer präsent.

Sie leuchten mit ihren Taschenlampen in jede Ecke und suchen nach weiteren Hinweisen.

„Hier ist etwas", ruft Tom plötzlich und deutet auf eine lose Steinplatte in der Wand. „Das haben wir vorher nicht gesehen."

Mit vereinten Kräften heben sie die Platte an und entdecken dahinter einen kleinen Hohlraum. Darin befinden sich alte Schriftrollen und eine Schatulle. Vorsichtig nehmen sie die Schriftrollen heraus und beginnen, sie zu lesen.

„Das sind detaillierte Beschreibungen der Rituale", murmelt Sophie. „Und hier steht etwas über einen Schlüssel zu einem versteckten Raum."

„Ein versteckter Raum?", fragt Tom erstaunt. „Das könnte der Schlüssel sein. Vielleicht hat Max diesen Raum gesucht."

Plötzlich hören sie ein Geräusch. Schritte nähern sich dem Keller, und sie löschen hastig ihre Taschenlampen. Das Licht einer fremden Taschenlampe flackert im Raum, und sie hören gedämpfte Stimmen.

„Sie sind wieder hier", flüstert Sophie. „Wir müssen uns verstecken."

Sie pressen sich hinter einen großen, alten Schrank und halten den Atem an. Die Schritte kommen näher, und die Tür zum Keller wird geöffnet. Zwei Männer betreten den Raum und leuchten mit ihren Taschenlampen umher.

„Durchsucht den ganzen Keller, aber besser als das letzte Mal", befiehlt eine raue Stimme. „Sie müssen hier irgendwo sein."

Die Männer beginnen, den Keller gründlich zu durchsuchen, und Sophie spürt, wie ihr Herz rast. Sie weiß, dass sie entdeckt werden, wenn sie nicht vorsichtig sind.

Plötzlich stößt einer der Männer gegen den Schrank, hinter dem sie sich verstecken, und das Regal schwankt bedrohlich.

„Ich glaube, hier ist etwas", murmelt der Mann und leuchtet mit seiner Taschenlampe hinter das Regal. „Komm raus, oder ich zieh euch da raus!"

Sophie spürt, wie Tom neben ihr die Luft anhält. „Was machen wir jetzt?", flüstert er verzweifelt.

„Wir müssen kämpfen", antwortet Sophie entschlossen. „Wir dürfen nicht aufgeben."

Sie greifen nach den nächstbesten Gegenständen. Tom schnappt sich die Brechstange, während Sophie eine schwere, eiserne Buchstütze ergreift. Mit einem plötzlichen Schrei stürzen sie aus ihrem Versteck und greifen die Männer an. Es kommt zu einem wilden Handgemenge, bei dem Schreie und dumpfe Schläge durch den Keller hallen.

Sophie schlägt mit der Buchstütze auf den ersten Mann ein, der überrascht zurücktaumelt. Tom nutzt die Gelegenheit und schlägt mit der Brechstange auf den zweiten Mann ein, der zu Boden geht. Doch die Männer sind stark und wehren sich heftig. Einer von ihnen zieht ein Messer und sticht auf Tom ein. Tom schreit auf vor Schmerz und geht zu Boden.

„Nein!", schreit Sophie und wirft sich auf den Mann, der Tom verletzt hat. Jetzt macht sich endlich bezahlt, dass ihre Eltern sie damals vor Jahren schon in einem Judo-Club angemeldet haben.

Sophie ringt ihm das Messer aus der Hand und stößt ihn zu Boden. Mit zitternden Händen greift sie nach ihrem Telefon und ruft die Polizei.

„Wir brauchen Hilfe!", schreit sie ins Telefon. „Wir sind in der alten Villa am Stadtrand! Sie haben Tom schwer verletzt!"

Die Männer versuchen erneut, aufzustehen, doch Sophie greift nach der Brechstange und schlägt damit auf sie ein, bis sie regungslos am Boden liegen.

Ihr Herz rast, und sie spürt, wie Tränen der Verzweiflung ihr über das Gesicht laufen.

„Tom, halte durch", murmelt sie und kniet sich neben ihren Freund. „Die Polizei ist auf dem Weg. Du musst durchhalten."

Tom stöhnt vor Schmerz, doch er nickt schwach. „Ich... ich schaffe das, Sophie. Lass mich nicht allein."

In diesem Moment hören sie das Heulen von Sirenen in der Ferne. Die Polizei ist unterwegs. Sophie fühlt eine Welle der Erleichterung, doch die Angst um Tom bleibt. Sie hält seine Hand fest und wartet, bis die Polizei eintrifft.

Wenig später stürmen mehrere Polizisten den Keller und sichern die Umgebung. Kommissar Müller tritt vor und mustert die Szene mit ernster Miene. „Was ist hier passiert?", fragt er und kniet sich neben Tom.

„Diese Männer... sie haben uns angegriffen", erklärt Sophie mit zitternder Stimme. „Sie haben Tom verletzt. Wir haben uns nur verteidigt."

„Wir kümmern uns um alles", sagt Kommissar Müller und gibt den anderen Polizisten Anweisungen. „Bringt Tom sofort ins Krankenhaus. Und diese Männer gehören hinter Gitter."

Sophie beobachtet, wie einige Polizisten die Männer abführen und andere Tom auf eine Trage legen. „Ich komme mit ins Krankenhaus", sagt sie entschlossen.

„Natürlich", antwortet Kommissar Müller. „Wir müssen sicherstellen, dass ihr beide in Sicherheit seid."

Im Krankenhaus sitzt Sophie stundenlang an Toms Seite, während er behandelt wird. Die Ärzte sagen, dass er Glück gehabt hat - die Verletzungen sind ernst, aber nicht lebensbedrohlich.

Sophie fühlt eine tiefe Erleichterung, doch die Angst um Max bleibt.

Am nächsten Tag besuchen Kommissar Müller und Frau Schneider Sophie im Krankenhaus.

„Wir haben die Männer verhört", sagt Kommissar Müller. „Sie gehören zu einer kriminellen Organisation, die in die dunklen Machenschaften der alten Villa verwickelt ist. Sie wollten verhindern, dass die Wahrheit ans Licht kommt."

„Und was ist mit Max?", fragt Sophie verzweifelt. „Haben sie etwas über ihn gesagt?"

Kommissar Müller schüttelt den Kopf. „Leider nicht. Aber wir durchsuchen die Villa gründlich und werden nicht aufgeben, bis wir ihn gefunden haben."

Frau Schneider setzt sich zu Sophie und legt eine Hand auf ihre Schulter. „Ihr habt viel Mut bewiesen, Sophie. Wir werden alles tun, um Max zu finden und diese dunklen Geheimnisse zu enthüllen."

Sophie nickt und fühlt eine Mischung aus Erleichterung und Entschlossenheit. Sie weiß, dass der Kampf noch nicht vorbei ist, aber sie ist bereit, durchzuhalten und weiterzukämpfen.

Gemeinsam mit Tom und den anderen wird sie nicht aufgeben, bis die Wahrheit ans Licht kommt und Max sicher nach Hause zurückkehrt.

Die Entführung

Die Tage ziehen ins Land, während Sophie und Tom sich von den letzten schrecklichen Ereignissen erholen. Tom hat das Krankenhaus verlassen, doch die bedrückende Atmosphäre bleibt bestehen.

Sophie aber ist weiterhin in Sorge um Max und die zunehmende Bedrohung durch die mysteriöse Gruppe.

Es ist eine kalte, neblige Nacht, als Sophie auf dem Heimweg ist. Sie spürt, dass sie beobachtet wird, und beschleunigt ihre Schritte.

Plötzlich wird sie von hinten gepackt, und ein Tuch wird ihr über den Mund gedrückt. Der scharfe Geruch von Chloroform füllt ihre Nase, und bevor sie reagieren kann, wird alles schwarz um sie herum.

Als Sophie wieder zu sich kommt, findet sie sich in einem dunklen, kalten Raum wieder. Ihre Hände sind hinter ihrem Rücken gefesselt, und ihr Kopf dröhnt.

Sie hört Schritte und gedämpfte Stimmen außerhalb der Tür. Die Panik steigt in ihr auf, doch sie zwingt sich, ruhig zu bleiben und ihre Umgebung zu erfassen.

Die Tür öffnet sich, und zwei maskierte Männer treten ein. Einer von ihnen spricht mit kalter, bedrohlicher Stimme:

„Du hast die falschen Leute verärgert, Mädchen. Du und deine Freunde hättet besser die Finger von der Sache gelassen."

Sophie versucht, ihre Angst zu verbergen und fragt mutig: „Was wollt ihr von uns? Wo ist Max?"

Der Mann lacht höhnisch. „Max ist hier, keine Sorge. Ihr werdet beide bald verstehen, dass ihr euch mit den falschen Leuten angelegt habt."

Die Männer verlassen den Raum, und Sophie hört das Geräusch eines Schlosses, das verriegelt wird. Sie kämpft gegen ihre Fesseln, aber es ist zwecklos. Plötzlich hört sie eine vertraute Stimme aus der Dunkelheit.

„Sophie, bist du das?"

„Max!", ruft sie erleichtert. „Bist du in Ordnung?"

„Es geht so", antwortet Max schwach. „Sie halten mich schon seit Tagen hier fest. Ich wusste nicht, ob ich jemals wieder jemanden sehen würde."

„Wir werden hier rauskommen", sagt Sophie entschlossen. „Wir müssen nur einen Weg finden."

Stunden vergehen, während sie im Dunkeln sitzen und nach einem Fluchtplan suchen. Die Kälte und die Dunkelheit nagen an ihren Nerven, aber sie geben nicht auf. Schließlich hören sie Schritte vor der Tür, und etwas Licht dringt durch einen Spalt in den Raum.

Ein Mann tritt ein und stellt eine Schale mit Wasser und etwas Brot vor ihnen ab. „Genießt es, solange ihr noch könnt", sagt er kalt und verlässt den Raum wieder.

„Wir müssen diese Fesseln loswerden", sagt Max. „Wenn wir frei sind, können wir nach einem Ausgang suchen."

„Ich habe eine Haarnadel dabei", murmelt Sophie und beginnt, mit zitternden Fingern an ihren Fesseln zu arbeiten. „Vielleicht kann ich das Schloss damit öffnen."

Es dauert gefühlt eine Ewigkeit, doch schließlich gibt das Schloss nach, und Sophie befreit sich von ihren Fesseln. Sie hilft Max, und gemeinsam tasten sie sich durch den dunklen Raum.

„Da drüben ist ein kleines Fenster", flüstert Max. „Vielleicht können wir es öffnen und durchkriechen."

Sie erreichen das Fenster und öffnen es vorsichtig. Die kalte Nachtluft strömt herein, und sie spüren eine kurze Welle der Erleichterung. Doch das Fenster ist klein, und sie müssen sich anstrengen, um hindurchzupassen.

„Ich gehe zuerst", sagt Max. „Achte darauf, dass uns niemand sieht."

Mit großer Mühe zwängt sich Max durch das Fenster und hilft dann Sophie nach draußen. Sie landen in einem dunklen Hinterhof, der von hohen Mauern umgeben ist.

„Wir müssen leise sein", flüstert Max. „Sie dürfen uns nicht hören."

Sie schleichen durch den Hinterhof und erreichen schließlich ein Tor. Doch das Tor ist verschlossen, und sie haben keine Möglichkeit, es zu öffnen.

„Was jetzt?", fragt Sophie verzweifelt. „Wir sind in einer Falle."

„Wir müssen einen anderen Weg finden", sagt Max. „Vielleicht gibt es einen Ausgang durch die Gebäude."

Sie schleichen sich durch die dunklen Gänge und Räume des Gebäudes, immer auf der Hut vor eventuellen Wachen. Schließlich finden sie eine offene Tür, die in einen Korridor führt.

„Hier entlang", flüstert Max. „Wir dürfen keine Zeit verlieren."

Sie bewegen sich vorsichtig weiter und hören plötzlich Stimmen. Schnell verstecken sie sich hinter einer Tür und lauschen.

„Die beiden Gefangenen dürfen nicht entkommen", sagt eine Stimme. „Sie wissen zu viel. Wir müssen sie loswerden."

„Verstanden", antwortet eine andere Stimme. „Wir werden uns darum kümmern."

Sophie und Max sehen sich bestürzt an. Sie wissen, dass sie nicht viel Zeit haben. Sobald die Stimmen verschwunden sind, schleichen sie weiter und erreichen schließlich einen Raum mit einem offenen Fenster.

„Das ist unsere Chance", flüstert Sophie. „Wir müssen hier raus."

Sie klettern durch das Fenster und landen in einem verlassenen Garten. Die Dunkelheit bietet ihnen Deckung, und sie rennen so schnell sie können durch den Garten und hinaus auf die Straße.

„Wir haben es geschafft!", keucht Max, als sie außer Atem anhalten. „Aber wir dürfen nicht stehen bleiben. Wir müssen zur Polizei."

„Ja", stimmt Sophie zu und fasst seine Hand.

Sie rennen durch die dunklen Straßen von Eichenfeld, immer auf der Hut vor ihren Verfolgern. Schließlich erreichen sie das Polizeirevier und stürmen hinein.

„Wir brauchen Hilfe!", ruft Sophie verzweifelt. „Wir wurden entführt und sind gerade entkommen!"

Kommissar Müller tritt vor und mustert sie mit besorgter Miene. „Was ist passiert? Erzählt mir alles."

Sophie und Max berichten schnell und detailliert von ihrer Entführung und den dunklen Machenschaften, die sie aufgedeckt haben. Kommissar Müller hört aufmerksam zu und nickt.

„Wir werden sofort Maßnahmen ergreifen", sagt er entschlossen. „Ihr seid jetzt in Sicherheit. Wir werden diese Leute zur Rechenschaft ziehen."

Sophie und Max fühlen eine tiefe Erleichterung, doch sie wissen, dass die Gefahr noch nicht vorbei ist. Sie haben es geschafft, zu entkommen, aber die dunklen Geheimnisse von Eichenfeld müssen noch vollständig ans Licht gebracht werden.

„Wir dürfen jetzt nicht aufgeben", sagt Max und sieht Sophie fest in die Augen. „Wir müssen weitermachen, bis die Wahrheit vollständig enthüllt ist."

Die Nacht vergeht langsam, während Sophie und Max im Polizeirevier bleiben, sicher vor ihren Verfolgern.

Doch sie wissen, dass ihre Reise noch lange nicht zu Ende ist. Gemeinsam müssen sie den Kampf fortsetzen und die dunklen Geheimnisse von Eichenfeld endgültig ans Licht bringen.

Das Tunnelnetzwerk

Die ersten Sonnenstrahlen scheinen durch die schmutzigen Fenster des Polizeireviers, als Sophie und Max aus einem unruhigen Schlaf erwachen.

Die Ereignisse der letzten Tage haben sie erschöpft, aber sie wissen, dass sie keine Zeit zu verlieren haben.

Kommissar Müller tritt ein und setzt sich ihnen gegenüber. „Ich habe alles in die Wege geleitet, um diese Leute zu finden. Aber ihr müsst vorsichtig sein. Diese Gruppe ist gefährlich und gut organisiert."

„Wir wissen das wohl", antwortet Sophie und spürt die Dringlichkeit der Situation. „Aber wir können nicht einfach abwarten. Wir müssen etwas tun."

Max nickt zustimmend. „Wir müssen aber zurück zur Villa. Es gibt noch so viele Fragen, die zu klären sind. Vielleicht finden wir dort weitere Hinweise."

Kommissar Müller sieht sie ernst an. „Ich verstehe euren Mut, aber ihr müsst wirklich aufpassen. Diese Leute schrecken vor nichts zurück."

„Wir werden vorsichtig sein", verspricht Sophie.

Nach einer kurzen Besprechung verlassen Sophie und Max das Polizeirevier. Die frische Morgenluft füllt ihre Lungen, und sie machen sich auf den Weg zur Villa.

Auf dem Weg dorthin besprechen sie ihre Strategie. „Wir müssen durch diesen Tunnel", sagt Max entschlossen. „Es ist unsere einzige Chance, unbemerkt reinzukommen."

Sophie nickt. „Okay, aber wir müssen vorsichtig sein. Wer weiß, was uns da unten erwartet."

Als sie die Villa erreichen, schleichen sie sich um das Gebäude und suchen nach dem Eingang zum alten Tunnelnetzwerk.

Die Tunnel wurden einst gebaut, um die Stadt zu verbinden und als Fluchtwege in Zeiten der Gefahr zu dienen.

„Hier", flüstert Max und zeigt auf eine versteckte Falltür hinter einem überwucherten Gebüsch. „Das ist der Eingang."

Ächzend heben sie die schwere Tür an und blicken in die Dunkelheit darunter. Eine alte, hölzerne Leiter führt hinab in die Tiefe. Sophie schluckt nervös, aber sie spürt, dass es keinen anderen Weg gibt.

„Ich gehe zuerst", sagt Max und beginnt vorsichtig, die Leiter hinunterzuklettern. „Pass auf, dass du nicht fällst."

Sophie folgt ihm und spürt, wie ihre Hände fast an der kalten, feuchten Holzleiter kleben. Unten angekommen, schalten sie ihre Taschenlampen ein und leuchten den dunklen Tunnel aus. Die Luft ist feucht und modrig, und die Wände sind mit Moos bedeckt.

„Wir müssen ganz leise sein", flüstert Max. „Wenn sie uns hier unten finden, sind wir erledigt."

Sie bewegen sich vorsichtig durch den Tunnel, immer auf der Hut vor möglichen Gefahren. Der Tunnel scheint endlos zu sein, und die Dunkelheit um sie herum fühlt sich bedrückend an.

„Ich frage mich, wie weit diese Tunnel reichen", murmelt Sophie und bleibt stehen, um eine alte Karte an der Wand zu betrachten. „Vielleicht führen sie unter der ganzen Stadt hindurch."

„Das könnte unsere Chance sein", sagt Max. „Wenn wir den richtigen Weg finden, können wir unbemerkt fliehen."

Plötzlich hören sie ein Geräusch hinter sich. Schritte und gedämpfte Stimmen hallen durch den Tunnel. Ihre Herzen beginnen schneller zu schlagen, und sie wissen, dass sie entdeckt worden sind.

„Schnell, wir müssen weiter", flüstert Max und zieht Sophie mit sich. „Wir dürfen keine Zeit verlieren."

Sie rennen durch den Tunnel, ihre Schritte hallen laut wider. Die Stimmen hinter ihnen werden lauter, und sie wissen, dass ihre Verfolger dicht auf ihren Fersen sind. Panik steigt in ihnen auf, aber sie zwingen sich, ruhig zu bleiben und weiterzulaufen.

„Hier entlang", ruft Max und zeigt auf eine Abzweigung. „Vielleicht können wir sie abschütteln."

Sie biegen ab und rennen weiter, doch der Tunnel scheint sich endlos zu erstrecken. Die Stimmen hinter ihnen kommen näher, und sie spüren, wie ihre Kräfte nachlassen.

„Wir müssen schneller sein", keucht Sophie und schaut verzweifelt auf Max. „Sonst erwischen sie uns."

Max nickt und versucht, seine Schritte zu beschleunigen. Plötzlich sehen sie ein schwaches Licht am Ende des Tunnels. Hoffnung flammt in ihnen auf, und sie rennen darauf zu.

„Das ist unsere Chance", ruft Max. „Los, wir schaffen das!"

Sie erreichen das Licht und sehen, dass es von einem weiteren Ausgang kommt. Mit vereinten Kräften schieben sie die schwere Tür auf und treten hinaus in die frische Luft. Die Sonne steht hoch am Himmel, und sie spüren eine Welle der Erleichterung.

„Wir haben es geschafft", keucht Sophie und lehnt sich gegen die Wand. „Wir sind draußen."

Doch ihre Freude währt nur kurz. Sie wissen, dass sie noch lange nicht in Sicherheit sind. Ihre Verfolger werden nicht aufgeben, und sie müssen schnell handeln, um sich zu verstecken und einen neuen Plan zu schmieden.

„Wir müssen uns mit den anderen treffen", sagt Max. „Sie müssen wissen, was passiert ist."

Sie rennen durch die Straßen von Eichenfeld und erreichen schließlich das Haus von Tom. Als sie eintreten, sehen sie, dass ihre Freunde bereits versammelt sind und auf sie warten.

„Was ist passiert?", fragt Tom besorgt und tritt auf sie zu. „Ihr seht aus, als hättet ihr einen Kampf hinter euch."

Sophie und Max erzählen schnell von dem Tunnelsystem und den Ereignissen in der Villa. Ihre Freunde hören aufmerksam zu und tauschen besorgte Blicke.

„Das ist sehr ernst", sagt Anna, eine ihrer Freundinnen. „Diese Leute werden nicht aufgeben, bis sie euch haben. Wir müssen einen Plan schmieden, um sie endgültig aufzuhalten."

„Ja... wir brauchen mehr Beweise", sagt Tom. „Etwas, das wir der Polizei übergeben können, um diese Leute zu verhaften."

„Vielleicht gibt es noch mehr Dinge in den Tunneln", überlegt Sophie. „Wir haben noch nicht alles durchsucht.

Wenn wir zurückgehen und alles gründlich untersuchen, finden wir vielleicht etwas."

„Das ist zwar gefährlich", meint Max. „Aber es scheint unsere einzige Chance sein."

Sie beschließen, sich auszuruhen und Kräfte zu sammeln, bevor sie erneut in die Tunnel gehen.

Die Nacht bricht herein, und die Spannung steigt. Sie wissen, dass die bevorstehende Mission gefährlich ist, aber sie sind fest entschlossen, die Wahrheit ans Licht zu bringen.

Am nächsten Morgen machen sie sich bereit. Sie packen neue Taschenlampen, längere Seile und ausreichend Proviant ein und verabschieden sich von ihren Familien. Die Gefahr ist groß, aber ihre Entschlossenheit ist stärker.

„Passt auf euch auf", sagt Toms Mutter besorgt. „Und kommt heil zurück."

„Das werden wir", verspricht Tom und umarmt seine Mutter fest. „Wir werden das hier durchstehen."

Sie treffen sich vor dem Eingang zu den Tunneln und tauschen letzte Blicke aus. „Seid vorsichtig", warnt Max. „Wir dürfen keinen Fehler machen."

„Wir schaffen das", sagt Sophie entschlossen. „Gemeinsam."

Sie klettern erneut in die Dunkelheit der Tunnel hinab, ihre Schritte sind leise und vorsichtig. Sie wissen, dass ihre Feinde überall lauern könnten, und sie müssen auf der Hut sein.

„Hier entlang", flüstert Max und führt die Gruppe durch die engen Gänge. „Wir müssen den Tunnel finden, der uns auf dem kürzesten Weg zur Villa bringt."

Die Stunden vergehen, und sie tasten sich durch die Dunkelheit. Plötzlich hören sie wieder Stimmen und Schritte hinter sich. Panik steigt in ihnen auf, doch sie wissen, dass sie nicht aufgeben dürfen.

„Schnell, wir müssen uns verstecken", flüstert Tom und zeigt auf eine Nische in der Wand. „Vielleicht finden sie uns hier nicht."

Sie pressen sich in die Nische und halten den Atem an. Die Schritte kommen näher, und sie hören das Murmeln der Stimmen. Die Minuten vergehen quälend langsam, doch schließlich ziehen die Stimmen weiter, und sie atmen erleichtert auf.

„Das war knapp", murmelt Anna.

Sie setzen ihren Weg fort und erreichen schließlich einen großen, versteckten Raum tief unter der Villa. Der Raum ist voller alter Dokumente, Bücher und seltsamer Gerätschaften.

Die Luft ist schwer und modrig, und ein seltsames Licht flackert an den Wänden.

„Das muss der Hauptknotenpunkt sein", sagt Max und leuchtet mit seiner Taschenlampe umher. „Hier müssen wir suchen."

Sie beginnen, die Dokumente zu durchsuchen und finden bald Aufzeichnungen über die dunklen Machenschaften der Gruppe. Die Dokumente enthalten detaillierte Beschreibungen der Rituale und der Verbrechen, die die Gruppe begangen hat.

„Das ist es", ruft Sophie aufgeregt. „Das sind die Beweise, die wir brauchen. Damit können wir sie zur Strecke bringen."

Doch bevor sie die Dokumente sichern können, hören sie erneut Schritte.

Die Tür zum Raum öffnet sich, und mehrere maskierte Männer treten ein. Die Freunde sind umzingelt. Die Männer sehen wütend und entschlossen aus.

„Ihr werdet nicht lebend hier rauskommen", sagt einer der Männer bedrohlich. „Ihr habt zu viel gesehen."

„Wir müssen kämpfen", flüstert Max und greift nach einem schweren Buch. „Wir dürfen nicht aufgeben."

Ein wildes Handgemenge bricht aus, bei dem Schreie und Schläge durch den Raum hallen. Sophie und ihre Freunde kämpfen verzweifelt, doch die Männer sind stark und gut organisiert.

Sie müssen all ihre Kräfte aufbieten, um sich zu verteidigen.

„Wir lassen uns nicht unterkriegen", ruft Tom und schlägt mit einem alten Eisenrohr auf einen der Männer ein. „Wir schaffen das!"

Mit vereinten Kräften gelingt es ihnen, die Männer zurückzudrängen um sich zumindest so einen Weg zur Tür zu bahnen. In einem günstigen Moment, als die Männer ein einziges Mal nicht richtig aufpassen, war der Weg frei. Sie schnappen sich die Dokumente und rennen so schnell sie können durch den Tunnel zurück.

„Wir müssen hier raus", keucht Sophie, als sie den Ausgang erreichen. „Wir dürfen nicht stehen bleiben."

Sie klettern aus dem Tunnel und rennen durch die Straßen von Eichenfeld, die Dokumente fest an sich gedrückt. Sie wissen, dass die Männer sie verfolgen, aber sie geben nicht auf.

„Wir müssen sofort zur Polizei", sagt Max entschlossen. „Nur dort sind wir sicher."

Sie erreichen das Polizeirevier und stürmen hinein. Kommissar Müller kommt auf sie zu, und sie übergeben ihm die Dokumente.

„Das sind die Beweise, die wir brauchen", sagt Sophie atemlos. „Damit können Sie sie verhaften."

Kommissar Müller nickt ernst. „Gute Arbeit. Wir werden sofort alle nur möglichen Maßnahmen ergreifen."

Sophie und Max fühlen eine tiefe Erleichterung, doch sie wissen, dass die Gefahr noch nicht vollständig gebannt ist. Sie haben es geschafft, zu entkommen, aber die dunklen Geheimnisse von Eichenfeld müssen noch vollständig enthüllt werden.

Die Polizeiarbeit startet

Die ersten Sonnenstrahlen brechen durch die Wolken und tauchen die Stadt Eichenfeld in ein sanftes Morgenlicht.

Sophie und Max haben die ganze Nacht im Polizeirevier verbracht, sicher vor ihren Verfolgern. Sie sind erschöpft, aber entschlossen, die dunklen Geheimnisse der Villa ans Licht zu bringen.

Kommissar Müller tritt in den Raum, seine Miene ernst und nachdenklich. „Wir haben die Dokumente gesichtet. Es sind genug Beweise, um umfangreiche Ermittlungen einzuleiten. Aber wir müssen vorsichtig vorgehen. Diese Leute sind gefährlich."

Sophie lehnt sich nach vorne, ihre Augen flehend. „Herr Kommissar, bitte, Sie müssen uns glauben. Diese Leute werden nicht aufhören, bis sie bekommen, was sie wollen."

Der Kommissar nickt langsam. „Wir tun wirklich alles, was wir können, aber wir brauchen noch weitere detaillierte Beweise. Diese Dokumente sind ein Anfang, und wir brauchen mehr konkrete Hinweise auf die Aktivitäten."

Ein anderer Polizist, ein junger Mann namens Hauptwachmeister Schulte, tritt hinzu. Er mustert Sophie und Max skeptisch.

„Es ist schwer, solche Anschuldigungen zu beweisen, ohne handfeste Beweise. Wir können nicht einfach aufgrund von Vermutungen handeln."

Sophie spürt einen Anflug von Wut. „Das sind keine Vermutungen! Wir haben auf den Dokumenten die Rituale gesehen, die Entführungen, die Drohungen. Das sind gefährliche Leute, und sie müssen gestoppt werden!"

Kommissar Müller legt eine Hand auf ihre Schulter, um sie zu beruhigen. „Ich verstehe deine Sorge, Sophie. Aber wir müssen den immer den legalen Weg gehen. Vertraue mir, wir werden alles tun, um diese Leute zur Rechenschaft zu ziehen."

Die Ermittlungen beginnen, aber es ist ein zäher Prozess. Die Polizei durchsucht die Villa, findet jedoch nur wenige konkrete Beweise. Die meisten Räume sind leer, und die wichtigsten Dokumente scheinen verschwunden zu sein. Sophie und Max sind frustriert, aber sie geben nicht auf.

„Wir müssen ihnen mehr Informationen geben", sagt Max, als sie sich mit Kommissar Müller zusammensetzen. „Wir wissen, dass sie diese Tunnel benutzen. Vielleicht finden wir dort etwas."

Der Kommissar nickt. „Wir werden die Tunnel durchsuchen. Aber wir müssen umsichtig vorgehen. Diese Leute sind gut vorbereitet und bestens organisiert."

Während die Tage vergehen, wird Sophie zunehmend misstrauisch gegenüber Hauptwachmeister Schulte. Er scheint immer wieder Gründe zu finden, die Ermittlungen ins Stocken geraten zu lassen. Jedes Mal, wenn sie einen neuen Hinweis haben, scheint er dagegen zu sprechen.

„Max, hast du bemerkt, dass Schulte immer gegen uns arbeitet?", fragt Sophie eines Abends, als sie im Polizeirevier sitzen und ihre nächsten Schritte besprechen.

Max nickt nachdenklich. „Ja, das ist mir auch aufgefallen. Es ist, als ob er nicht will, dass wir Erfolg haben."

„Wir müssen das beobachten", murmelt Sophie. „Vielleicht arbeitet er für diese Leute. Wir können niemandem trauen."

Sie beschließen, ihre eigenen Nachforschungen fortzusetzen, während die Polizei offiziell ermittelt.

Sie wissen, dass sie vorsichtig sein müssen, aber sie sind fest entschlossen, die Wahrheit ans Licht zu bringen.

Eine Woche später sitzt Sophie in der Bibliothek und durchforstet alte Zeitungen und Archive nach Hinweisen.

Sie stößt auf einen Artikel über eine Reihe mysteriöser Vorfälle in der Villa vor vielen Jahren. Die Berichte sind vage, aber es scheint, dass es schon damals Verdachtsmomente gab.

„Max, schau dir das an", sagt sie und zeigt ihm den Artikel. „Vielleicht gibt es hier einen Zusammenhang. Wir sollten herausfinden, was damals passiert ist."

Sie recherchieren weiter und entdecken, dass es damals einen Polizisten gab, der die Vorfälle untersuchte, aber plötzlich von der Bildfläche verschwand. Seine Berichte wurden nie vollständig veröffentlicht, und es scheint, als ob jemand versuchte, die Ermittlungen zu vertuschen.

„Das ist es", sagt Max entschlossen. „Wir müssen herausfinden, was dieser Polizist wusste. Vielleicht haben wir Glück und gibt es doch noch irgendwo seine alten Berichte."

Am nächsten Tag treffen sie sich erneut mit Kommissar Müller und legen ihm ihre neuen Erkenntnisse vor. „Wir glauben, dass dieser alte Fall etwas mit den aktuellen Ereignissen zu tun hat", erklärt Sophie. „Wir müssen diese alten Berichte finden."

Der Kommissar nickt. „Wir werden alles durchsuchen. Aber seid vorsichtig, ihr beide. Diese Leute werden alles tun, um ihre Geheimnisse zu schützen."

Die Suche nach den alten Berichten erweist sich als schwierig. Viele Akten sind verschwunden oder unvollständig, und es scheint, als ob jemand systematisch versucht hat, alle Spuren zu beseitigen. Doch Sophie und Max geben nicht auf.

Eines Abends, als sie wieder in den Tunneln unter der Villa nach Hinweisen suchen, entdecken sie plötzlich eine versteckte kleine Kammer. Die Wände sind mit alten Zeitungen und Fotos bedeckt, und in einer Ecke steht ein alter Aktenschrank.

„Das könnte es sein", flüstert Sophie und öffnet vorsichtig den Schrank. Drinnen finden sie alte Berichte, Notizen und Fotos, die die dunklen Machenschaften der Gruppe dokumentieren.

„Das sind die Beweise, die wir brauchen", sagt Max aufgeregt. „Damit können wir sie zur Strecke bringen."

Doch bevor sie die Dokumente sichern können, hören sie Schritte und gedämpfte Stimmen. Sie wissen, dass sie entdeckt worden sind.

„Wir müssen hier raus", flüstert Sophie. „Schnell, bevor sie uns finden."

Sie schnappen sich die wichtigsten Dokumente und rennen durch den Tunnel zurück zum Polizeirevier. Ihr Herz rast, und sie spüren die Bedrohung hinter sich.

Als sie das Revier erreichen, übergeben sie die Beweise an Kommissar Müller.

„Das ist es", sagt Sophie atemlos. „Das sind die Beweise, die wir brauchen."

Der Kommissar mustert die Dokumente und nickt. „Gute Arbeit. Jetzt können wir viel intensiver auf den Punkt ermitteln."

Doch Hauptwachmeister Schulte scheint nicht erfreut über die neuen Beweise zu sein. „Wir müssen sicher sein, dass diese Dokumente echt sind", sagt er skeptisch. „Wir können nicht einfach aufgrund dieser Papiere handeln."

Sophie spürt erneut das Misstrauen in sich aufsteigen. „Diese Dokumente sind echt. Wir haben sie in den Tunneln gefunden. Warum zweifeln Sie ständig und vertrauen uns nicht?"

Schulte zuckt die Schultern. „Ich mache nur meinen Job. Wir müssen sicher sein, bevor wir handeln."

Kommissar Müller wirft Schulte einen prüfenden Blick zu. „Wir werden diese Dokumente überprüfen. Aber wenn sie echt sind, werden wir handeln."

Sophie und Max fühlen sich erleichtert, doch sie wissen, dass die Gefahr noch nicht vollständig gebannt ist.

Auch diese Nach verbringen Sophie und Max sicherheitshalber wieder im Polizeirevier.

Ein geheimes Treffen

Es ist eine ruhige, sternenklare Nacht in Eichenfeld. Die Stadt scheint endlich zur Ruhe gekommen zu sein, nachdem die Polizei die gefährliche Gruppe teilweise zerschlagen konnte.

Doch Sophie und Tom können sich nicht ganz entspannen. Irgendetwas nagt an ihnen, ein Gefühl, dass noch nicht alles ans Licht gekommen ist.

„Sophie, ich habe etwas herausgefunden", sagt Tom eines Abends, als sie sich in der Bibliothek der Schule treffen.

Er hat einen Stapel alter Zeitungen und Dokumente vor sich ausgebreitet.

„Es gibt Gerüchte über ein geheimes Treffen. Die restlichen Mitglieder der Gruppe könnten sich noch irgendwo verstecken."

Sophie runzelt die Stirn. „Woher weißt du das?"

„Ein alter Freund von mir arbeitet bei der Stadt und hat gehört, dass sich einige verdächtige Personen in unregelmäßigen Abständen in der alten Fabrik treffen", erklärt Tom. „Er hat gesagt, dass dort nachts Lichter brennen und seltsame Geräusche zu hören sind."

„Wir müssen das überprüfen", sagt Sophie entschlossen. „Wenn sie noch aktiv sind, könnten sie versuchen, sich neu zu organisieren."

Später in der Nacht machen sich Sophie und Tom auf den Weg zur alten Fabrik am Stadtrand. Die Fabrik steht seit Jahren leer und ist ein perfekter Ort für geheime Treffen. Sie schleichen sich durch das hohe Gras und beobachten das Gebäude aus sicherer Entfernung.

„Das ist unglaublich. Sie treffen sich wirklich heimlich in diesem alten Gemäuer", flüstert Tom, als sie durch ein kaputtes Fenster Lichter und Bewegung im Inneren sehen.

„Wir müssen alles aufzeichnen und der Polizei zeigen", flüstert Sophie zurück. „Das könnte die Beweise liefern, die wir brauchen."

Sie schalten ihre Handys auf Flugmodus und aktivieren die Kameras, um das Geschehen zu filmen. Vorsichtig nähern sie sich dem Gebäude und schleichen durch einen Seiteneingang hinein.

Das Innere der Fabrik ist dunkel und verfallen, aber in einem großen Raum im Erdgeschoss sehen sie eine Gruppe von Menschen, die um einen Tisch versammelt sind.

„Schau dir das an", murmelt Tom und zoomt mit seiner Kamera auf die Versammlung. „Das sind die Anführer."

Sophie nickt und filmt ebenfalls. „Wir müssen hören, was sie sagen."

Sie schleichen näher heran und verstecken sich hinter einigen alten Maschinen. Die Stimmen der Verschwörer sind gedämpft, aber deutlich genug, um einige Worte aufzuschnappen.

„Wir müssen vorsichtig sein", sagt einer der Männer, den Sophie als einen der Anführer der Gruppe erkennt. „Die Polizei ist uns dicht auf den Fersen. Aber wir dürfen nicht aufgeben. Unsere Mission ist noch nicht beendet."

Eine Frau nickt zustimmend. „Wir müssen uns neu organisieren und einen neuen Plan schmieden. Diese Symbole sind der Schlüssel. Sie führen uns zu unserem wahren Ziel."

Tom sieht Sophie mit großen Augen an. „Das sind dieselben Symbole, die wir in der Villa gefunden haben. Sie gehören zu einem alten Kult."

Sophie nickt. „Wir müssen mehr darüber herausfinden. Vielleicht gibt es in der Fabrik Hinweise darauf, was sie wirklich vorhaben."

Sie filmen weiter, während die Verschwörer ihre Pläne besprechen. Es wird klar, dass die Gruppe nicht nur einen religiösen Kult nachkommt, sondern auch politische Ziele hat. Sie wollen Einfluss und Macht in der Stadt gewinnen, indem sie ihre Anhänger in Schlüsselpositionen bringen.

„Das Ganze ist größer, als wir dachten", flüstert Tom. „Wir müssen diese Informationen auch zur Polizei bringen."

Doch bevor sie sich zurückziehen können, hören sie Schritte hinter sich. Zwei Männer, offensichtlich Wachen der Gruppe, nähern sich. Sophie und Tom halten den Atem an und versuchen, sich in den Schatten zu verstecken.

„Hast du das gehört?", fragt einer der Männer.

„Ja, da drüben!", antwortet der andere und leuchtet mit einer Taschenlampe in ihre Richtung.

Sophie und Tom wissen, dass sie entdeckt wurden. Schnell packen sie ihre Sachen und rennen los, gefolgt von den beiden Männern. Sie kämpfen sich durch das Labyrinth der alten Fabrik, springen über Hindernisse und weichen herabfallenden Trümmern aus.

„Wir müssen hier raus!", keucht Sophie. „Schnell, bevor sie uns erwischen!"

Sie erreichen einen Seitenausgang und stürmen hinaus in die kalte Nacht.

Die Verfolger sind ihnen dicht auf den Fersen, aber sie schaffen es, sich in die dunklen Gassen von Eichenfeld zu retten.

„Das war knapp", sagt Tom, als sie endlich anhalten, um Atem zu schöpfen. „Aber wir haben die Beweise. Jetzt müssen wir sie nur noch der Polizei zeigen."

Sophie nickt, ihr Herz rast. „Lass uns sofort gehen."

Sie rennen zum Polizeirevier und stürmen hinein. Kommissar Müller ist noch da, beschäftigt mit den Berichten über die jüngsten Verhaftungen. Er sieht überrascht auf, als sie hereinkommen.

„Was ist passiert?", fragt er und sieht ihre erschöpften Gesichter.

„Wir haben sie gefunden", keucht Sophie. „Die restlichen Mitglieder der Gruppe treffen sich in der alten Fabrik. Wir haben alles aufgezeichnet."

Sie geben ihm die Aufnahmen, und der Kommissar sieht sich alle Aufnahmen aufmerksam an. „Das ist unglaublich. Ihr habt großartige Arbeit geleistet. Das ist genau das, was wir brauchen."

„Diese Symbole", sagt Tom. „Sie gehören zu einem alten Kult. Sie verfolgen nicht nur religiöse, sondern auch politische Ziele. Sie wollen Macht und Einfluss in der Stadt gewinnen."

Kommissar Müller nickt nachdenklich. „Das erklärt vieles. Wir müssen sofort handeln. Ich werde ein Team zusammenstellen und zur Fabrik schicken. Ihr habt unser volles Vertrauen gewonnen."

Sophie und Tom fühlen eine Welle der Erleichterung, aber sie wissen, dass die Gefahr noch nicht gebannt ist. Die Gruppe ist gut organisiert und wird nicht kampflos aufgeben.

„Seid vorsichtig", warnt Müller. „Diese Leute sind vermutlich gefährlicher, als wir uns bisher vorstellen konnten."

Die Razzia in der Fabrik wird noch in derselben Nacht vorbereitet. Sophie und Tom dürfen aus sicherer Entfernung zusehen, während die Polizei das Gebäude stürmt.

Sie sehen, wie die Anführer und ihre Anhänger festgenommen werden, und fühlen eine tiefe Zufriedenheit.

„Wir haben es geschafft", sagt Sophie leise. „Die Wahrheit ist endlich ans Licht gekommen."

„Ja", antwortet Tom und lächelt. „Aber es ist noch nicht vorbei. Wir müssen sicherstellen, dass sie keine Chance mehr haben, zurückzukehren."

Die nächsten Tage sind geprägt von intensiven Verhören und weiteren Ermittlungen. Die Polizei arbeitet hart daran, alle Verbindungen der Gruppe aufzudecken und sicherzustellen, dass sie nie wieder eine Bedrohung darstellen.

Eines Abends, als sie sich mit Kommissar Müller treffen, um die neuesten Entwicklungen zu besprechen, sagt er: „Dank eurer Hilfe konnten wir diese Gruppe zerschlagen. Ihr habt großartige Arbeit geleistet."

„Danke, Herr Kommissar", sagt Sophie. „Aber wir hätten es ohne die Unterstützung der Polizei nicht geschafft."

„Das war eine echte Teamarbeit", fügt Tom hinzu. „Wir sind froh, dass wir helfen konnten."

Kommissar Müller nickt. „Ihr habt unschätzbare Dienste geleistet. Eure Entschlossenheit und euer Mut haben den Unterschied gemacht."

Sophie und Tom fühlen eine tiefe Zufriedenheit, aber sie wissen, dass ihre Arbeit noch nicht ganz zu Ende ist.

Es gibt immer noch immer viele offene Fragen zu beantworten und es muss sichergestellt sein, dass wirklich alle Verantwortlichen zur Rechenschaft gezogen werden.

Verfolgungsjagd

Die Nacht ist klar und kühl, als Sophie, Tom und ihre Freunde Lisa und Anna sich nach einem langen Tag der Ermittlungen endlich auf den Weg nach Hause machen. Die Stadt Eichenfeld scheint ruhig, aber sie wissen, dass die Gefahr noch nicht vollständig gebannt war.

Bei der Razzia in der Fabrik wurden zwar die Anführer der Gruppe gefasst, aber einige Mitglieder waren entkommen und können noch immer eine Bedrohung darstellen.

„Ich bin froh, dass wir heute so viel erreicht haben", sagt Lisa, als sie in das Auto steigen. „Aber ich kann das Gefühl nicht loswerden, dass uns jemand beobachtet."

„Wir müssen vorsichtig bleiben", warnt Sophie. „Diese Leute geben nicht so leicht auf."

Tom setzt sich ans Steuer und startet den Wagen. „Lasst uns schnell nach Hause fahren. Wir sollten die Nacht in Sicherheit verbringen."

Sie fahren durch die stillen Straßen von Eichenfeld, doch bald bemerken sie einen schwarzen Wagen, der ihnen folgt. Lisa ist die erste, die ihn entdeckt.

„Sie sind direkt hinter uns!", ruft sie panisch. „Wir müssen schneller sein!"

Tom beschleunigt und versucht, den Wagen abzuhängen, aber der schwarze Wagen bleibt hartnäckig. „Keine Sorge, vertraut mir", sagte Tom entschlossen. „Ich kenne einen Weg durch die alten Gassen. Wir werden sie abschütteln."

Er biegt scharf in eine Seitenstraße ab und fährt durch enge, verwinkelte Gassen.

Die anderen klammern sich an ihren Sitzen fest, während das Auto durch die engen Kurven rast. Doch der Verfolger bleibt ihnen dicht auf den Fersen.

„Tom, pass auf!", ruft Sophie, als sie knapp an einer Mauer vorbeischrammen. „Wir müssen sie irgendwie loswerden!"

„Ich versuche es!", ruft Tom zurück und drückt das Gaspedal noch weiter durch. Sie rasen durch die engen Straßen, doch der schwarze Wagen kommt immer näher.

Plötzlich hören sie einen lauten Knall. „Das war unser Reifen!", ruft Lisa. „Wir haben einen Platten!"

Das Auto verliert an Geschwindigkeit, und Tom muss anhalten.

„Wir müssen zu Fuß weiter!", sagt er und öffnet die Tür. „Los, raus hier!"

Die Freunde springen aus dem Auto und rennen in die Dunkelheit der Nacht.

Auch der schwarze Wagen hielt an und Männer springen heraus.

Die Freunde hören die Schritte ihrer Verfolger und die lauten Stimmen, die ihnen folgen. „Da sind sie! Fangt sie!"

„Schnell, hier entlang!", ruft Tom und führt die Gruppe durch eine schmale Gasse. „Ich kenne einen sicheren Ort."

Sie rennen weiter, immer auf der Hut vor den Verfolgern. Die engen Gassen von Eichenfeld bieten ihnen etwas Schutz, aber sie wissen, dass sie nicht lange durchhalten können.

„Wir müssen uns irgendwo verstecken", keucht Sophie. „Wir können nicht ewig rennen."

„Da vorne ist ein alter Lagerraum", sagt Anna und deutet auf ein verlassenes Gebäude. „Vielleicht können wir uns dort verstecken."

Sie erreichen das Gebäude und schlüpfen durch eine kaputte Tür hinein. Drinnen ist es dunkel und staubig, aber es bietet ihnen Schutz vor ihren Verfolgern.

„Ich hoffe, sie finden uns hier nicht", flüstert Lisa und lehnt sich erschöpft gegen die Wand.

„Wir müssen still sein", warnt Tom. „Vielleicht gehen sie vorbei, wenn sie denken, dass wir weitergerannt sind."

Sie hören die Schritte ihrer Verfolger, die draußen vorbeirennen.

„Wo sind sie hin?", ruft einer der Männer. „Durchsucht die Gegend! Sie können nicht weit sein!"

Die Freunde halten den Atem an und warten, bis die Stimmen sich entfernen. Die Minuten vergehen quälend langsam, doch schließlich wird es wieder still.

„Ich glaube, sie sind weg", flüstert Sophie. „Wir sollten hierbleiben, bis wir sicher sind."

Sie setzen sich auf den staubigen Boden und versuchen, sich zu beruhigen. Die Angst und Anspannung der Verfolgungsjagd lässt langsam nach, aber sie wissen, dass die Gefahr noch nicht vollständig gebannt ist.

„Wir müssen einen Plan machen", sagt Tom entschlossen. „Wir können nicht einfach abwarten. Wir müssen herausfinden, wer uns verfolgt und warum."

„Vielleicht gibt es noch mehr von ihnen da draußen", überlegt Lisa. „Wir müssen sicherstellen, dass wir sicher sind, bevor wir weiterziehen."

Sie verbringen die nächsten Stunden damit, sich auszuruhen und ihre nächsten Schritte zu besprechen. Die Nacht vergeht langsam, und sie wissen, dass sie vorsichtig sein müssen.

Am Morgen, als die ersten Sonnenstrahlen durch die Ritzen des alten Lagerraums fallen, beschließen sie, dass es sicher genug ist, um weiterzugehen.

„Wir müssen zur Polizei", sagt Sophie. „Sie muss wissen, was passiert ist."

„Ja", stimmt Tom zu. „Aber wir müssen aufpassen. Wir wissen nicht, ob noch jemand uns verfolgt."

Sie verlassen das Gebäude und machen sich vorsichtig auf den Weg zum Polizeirevier. Die Straßen von Eichenfeld sind ruhig, aber sie bleiben wachsam und achten auf jede Bewegung.

Als sie das Revier erreichen, werden sie von Kommissar Müller empfangen.

„Was ist passiert?", fragt er besorgt, als er ihre erschöpften Gesichter sieht.

„Wir werden verfolgt", erklärt Sophie. „Ein schwarzer Wagen hat uns durch die Stadt gejagt. Sie haben uns beinahe erwischt."

„Das ist ernst", sagt Müller und runzelt die Stirn. „Wir müssen herausfinden, wer hinter euch her ist."

„Wir müssen auch sicherstellen, dass unsere Familien in Sicherheit sind", fügt Tom hinzu. „Sie könnten auch in Gefahr sein."

Der Kommissar nickt. „Wir werden alles tun, um euch zu schützen. Ihr habt großartige Arbeit geleistet, aber wir müssen vorsichtig sein."

Die nächsten Tage sind geprägt von intensiven Ermittlungen und Sicherheitsmaßnahmen.

Die Polizei stellt sicher, dass Sophie, Tom, Lisa und Anna sowie ihre Familien in Sicherheit sind. Gleichzeitig versuchen sie, die Identität der Verfolger herauszufinden.

„Wir müssen herausfinden, wer diese Leute sind und warum sie uns verfolgen", sagt Tom entschlossen. „Wir dürfen jetzt nicht aufgeben."

„Nein", stimmt Sophie zu. „Wir haben so viel erreicht, aber es gibt noch viel zu tun. Wir müssen sicherstellen, dass alle Verantwortlichen zur Rechenschaft gezogen werden."

Gemeinsam mit der Polizei setzen sie die Ermittlungen fort und sammeln weitere Beweise. Es wird klar, dass die Gruppe tiefere Wurzeln hat, als sie ursprünglich gedacht haben. Ihre Verbindungen reichen weit und sind gut versteckt.

„Das ist alles größer, als wir dachten", sagt Lisa eines Abends, als sie sich mit den anderen trifft. „Aber wir dürfen nicht aufgeben. Wir müssen weiterkämpfen."

„Ja", antwortet Anna. „Gemeinsam schaffen wir das. Wir müssen stark bleiben." Die Freunde fühlen eine tiefe Entschlossenheit und einen starken Zusammenhalt. Sie wissen, dass sie aufeinander zählen können.

Eines Nachts, als sie wieder auf der Suche nach Hinweisen sind, entdecken sie einen alten, verlassenen Keller. Sie wissen, dass sie sehr umsichtig vorgehen müssen, aber ihre Neugier und Entschlossenheit treiben sie voran.

„Das könnte ein weiterer Treffpunkt sein", sagt Sophie, als sie den Eingang zum Keller untersuchen. „Wir müssen herausfinden, was hier los ist."

Sie schleichen sich vorsichtig hinein und leuchten mit ihren Taschenlampen die dunklen Ecken aus.

Der Keller ist voll von alten Kisten und Möbeln, aber in einer Ecke entdecken sie etwas Merkwürdiges.

„Schaut euch das an", flüstert Tom und deutet auf eine versteckte Tür. „Das könnte ein geheimer Raum sein."

Sie öffnen die Tür vorsichtig und betreten einen kleinen, versteckten Raum. Drinnen finden sie alte Dokumente, Bücher und Fotos, die weitere Hinweise auf die Machenschaften der Gruppe liefern.

„Das sind wichtige Beweise", sagt Sophie aufgeregt.

„Aber wir müssen vorsichtig sein", warnt Tom. „Wir wissen nicht, ob noch jemand hier ist."

Plötzlich hören sie Schritte und Stimmen außerhalb des Raumes. Sie wissen, dass sie entdeckt worden sind.

„Schnell, wir müssen hier raus", flüstert Lisa und packt einige der Dokumente ein. „Bevor sie uns finden."

Sie schnappen sich die wichtigsten Beweise und schleichen sich aus dem Keller. Die Schritte kommen näher, aber sie schaffen es, unbemerkt zu entkommen.

„Das war knapp", keucht Anna, als sie endlich in Sicherheit sind. „Aber wir haben alles. Jetzt müssen wir nur noch zur Polizei."

Sie rennen zurück zum Polizeirevier und übergeben die Dokumente an Kommissar Müller.

„Das sind wichtige Beweise", sagt Sophie atemlos. „Damit können wir sie endgültig zur Strecke bringen."

Der Kommissar mustert die Dokumente und nickt. „Sehr gute Arbeit."

Die nächsten Tage sind geprägt von intensiven Ermittlungen und Festnahmen. Die Polizei arbeitet unermüdlich daran, alle Mitglieder der Gruppe aufzuspüren und ihre Machenschaften aufzudecken.

Schließlich, nach vielen Wochen harter Arbeit, wird die Gruppe vollständig zerschlagen.

Alle Mitglieder werden festgenommen und vor Gericht gestellt. Die Wahrheit über ihre dunklen Machenschaften kommt endlich ans Licht, und Eichenfeld kann aufatmen.

„Wir haben es geschafft", sagt Sophie eines Abends, als sie mit Tom, Lisa und Anna zusammensitzt. „Die Wahrheit ist endlich ans Licht gekommen."

„Ja", antwortet Tom und lächelt. „Aber es ist noch nicht vorbei. Wir müssen sicherstellen, dass sie keine Chance mehr haben, zurückzukehren."

Die Freunde fühlen eine tiefe Zufriedenheit, aber sie wissen, dass ihre Arbeit wohl noch nicht ganz zu Ende ist. Es gibt noch viele unbeantwortete Fragen, und sie müssen sicherstellen, dass alle Verantwortlichen zur Rechenschaft gezogen werden.

Die dunklen Geheimnisse von Eichenfeld sind endlich enthüllt, und die Stadt kann sich langsam erholen.

Sophie, Tom, Lisa und Anna wissen, dass sie eine lange und gefährliche Reise hinter sich haben, aber sie sind stolz auf das, was sie erreicht haben.

Erste Liebe

Der Tag in Eichenfeld ist ungewöhnlich warm für diese Jahreszeit. Nach den turbulenten Ereignissen und den erfolgreichen Einsätzen gegen die Verschwörer beschließen Sophie und Tom, eine Auszeit in einer kleinen Hütte im Wald zu nehmen. Die Hütte ist abgelegen und bietet den perfekten Rückzugsort, um die Geschehnisse der letzten Wochen zu verarbeiten.

Als die Nachmittagssonne durch die Bäume scheint, sitzen sie zusammen auf der Veranda der Hütte und genießen die friedliche Umgebung.

Ein sanfter Wind bewegt die Blätter, und die Vögel singen ihr Lied. Die Stille des Waldes ist beruhigend, und zum ersten Mal seit Wochen fühlen sie sich sicher.

„Es ist so ruhig hier", bemerkt Sophie und lässt ihren Blick über die Baumwipfel schweifen. „Ich hätte nie gedacht, dass wir nach all dem Stress so einen friedlichen Ort finden würden."

Tom nickt und sieht Sophie an. „Ja, das ist es. Es erscheint so surreal, nach allem, was wir durchgemacht haben. Aber ich bin froh, dass wir hier sind."

Sophie lächelt. „Ich auch. Es fühlt sich gut an, endlich einmal durchatmen zu können."

Eine Weile sitzen sie schweigend da und genießen die friedliche Atmosphäre. Doch Sophie bemerkt, dass Tom nachdenklich wirkt. Immer wieder scheint er etwas sagen zu wollen, hält aber inne.

„Tom, was ist los?", fragt Sophie schließlich. „Ich merke, dass dich etwas beschäftigt."

Tom atmet tief durch und dreht sich zu ihr um. „Sophie, es gibt etwas, das ich dir schon lange sagen wollte. Aber ich wusste nicht, wie."

Sophie spürt, wie ihr Herz schneller schlägt. „Was ist es, Tom? Du kannst mir alles sagen."

Tom nimmt ihre Hand und hält sie fest. „Sophie, ich habe in den letzten Wochen so viel Zeit mit dir verbracht, und ich habe gemerkt, wie wichtig du mir bist. Du bist mutig, klug und unglaublich stark. Ich habe tiefe Gefühle für dich entwickelt."

Sophie sieht ihn an, ihre Augen weiten sich vor Überraschung und Freude. „Tom, ich... ich fühle dasselbe. Ich habe mich immer sicher und unterstützt gefühlt, wenn du bei mir warst. Ich... ich habe mich in dich verliebt."

Tom lächelt erleichtert. „Ich hatte solche Angst, es dir zu sagen. Aber jetzt, wo ich es weiß, fühlt sich alles richtig an."

Sophie nickt, ihre Augen glitzern vor Glück. „Ich bin so froh, dass du es gesagt hast. Ich wollte es dir auch schon lange sagen, aber ich hatte Angst, dass es unsere Freundschaft verändern könnte."

Tom beugt sich näher zu ihr. „Unsere Freundschaft ist jetzt noch stärker. Und ich möchte, dass du weißt, dass ich immer für dich da sein werde, egal was passiert."

Sophie fühlt sich überwältigt von Emotionen. Sie lehnt sich vor und ihre Lippen treffen sich in einem sanften, zärtlichen Kuss. Es ist ihr erster Kuss, und es fühlt sich an, als ob die Welt für einen Moment stillsteht. Die Wärme ihrer Lippen, die Nähe und das Vertrauen, das sie miteinander teilen, schaffen einen magischen Moment.

Als sie sich voneinander lösen, sehen sie sich tief in die Augen. „Das war unglaublich", flüstert Tom. „Ich habe mir diesen

Moment so oft vorgestellt, aber es ist noch schöner, als ich es mir je erträumt habe."

„Ja...", stimmt Sophie zu und streicht sanft über seine Wange. „Ich bin so glücklich, dass wir diesen Moment endlich haben durften."

Sie sitzen noch eine Weile beisammen, händchenhaltend und die Nähe des anderen genießend. Die Dunkelheit bricht langsam herein, und die Sterne beginnen am Himmel zu funkeln.

Die Kälte der Nacht setzt ein, und Tom holt eine Decke, um sie beide einzuhüllen.

„Komm, lass uns die Sterne beobachten", sagt er und zieht Sophie näher zu sich.

Sie legen sich auf die Veranda und blicken in den funkelnden Nachthimmel. Die Sterne leuchten hell, und sie fühlen sich so klein in der Weite des Universums.

„Weißt du, ich habe als Kind immer davon geträumt, die Sterne zu berühren", sagt Sophie leise. „Ich habe mir vorgestellt, dass sie voller Geheimnisse und Wunder sind."

Tom lächelt. „Ich denke, die Sterne haben eine besondere Magie. Sie erinnern uns daran, wie groß das Universum ist und wie viele Möglichkeiten es gibt."

Sophie dreht sich zu ihm um und legt ihren Kopf auf seine Brust. „Wir haben so viel durchgemacht, Tom. Aber ich bin froh, dass wir das zusammen erlebt haben. Ich weiß nicht, was ich ohne dich getan hätte."

Tom legt seinen Arm um sie und drückt sie sanft. „Ich auch, Sophie. Du hast mir so viel Kraft gegeben. Gemeinsam sind wir stärker."

Sie liegen noch lange da und sprechen über ihre Träume, Ängste und Hoffnungen für die Zukunft. Ihre Beziehung ist in den letzten Wochen auf eine Weise gewachsen, die sie sich nie hätten vorstellen können.

„Weißt du, was ich am meisten an dir bewundere?", fragt Tom plötzlich.

Sophie hebt den Kopf und sieht ihn an. „Was denn?"

„Deinen Mut", antwortet Tom. „Du hast nie aufgegeben, egal wie schwierig die Situation war. Du hast immer an das Gute geglaubt und gekämpft, um die Wahrheit ans Licht zu bringen. Das inspiriert mich."

Sophie lächelt und fühlt sich warm und geborgen. „Danke, Tom. Aber ich hätte das alles nicht ohne dich geschafft. Du warst immer an meiner Seite und hast mich permanent unterstützt. Zusammen sind wir unschlagbar."

Tom beugt sich vor und küsst sie erneut, ein langer, intensiver Kuss, der all ihre Gefühle und ihr Versprechen füreinander ausdrückt.

Als sie sich voneinander lösen, flüstert Tom: „Wir schaffen das zusammen, Sophie. Egal, was noch kommt, ich werde immer bei dir sein."

Sophie nickt, ihre Augen strahlen vor Glück. „Ja, Tom."

Die Nacht vergeht, und die ersten Sonnenstrahlen kündigen einen neuen Tag an. Sophie und Tom wissen, dass ihre Reise noch nicht zu Ende ist, aber sie fühlen sich gestärkt und bereit, jede Herausforderung zu meistern.

„Lass uns zurück zur Stadt gehen", sagt Sophie schließlich. „Es gibt noch so viel zu tun."

„Ja", stimmt Tom zu und hilft ihr auf die Beine.

Sie packen ihre Sachen und machen sich auf den Weg zurück nach Eichenfeld. Die frische Morgenluft füllt ihre Lungen, und sie spüren eine neue Energie und Entschlossenheit.

„Wir haben uns gefunden", sagt Sophie, als sie Hand in Hand durch den Wald gehen. „Und das ist das Wichtigste."

„Ja", antwortet Tom. „Unsere Liebe gibt uns die Stärke, weiterzukämpfen und die Wahrheit zu finden."

Sie erreichen die Stadt und fühlen sich bereit für die Herausforderungen, die vor ihnen liegen.

Der Verrat

Die letzten Wochen in Eichenfeld sind eine Mischung aus Erleichterung und Unruhe. Die Stadt erholt sich langsam von den Enthüllungen und Verhaftungen, doch Sophie und ihre Freunde wissen, dass die Bedrohung noch nicht vollständig gebannt ist.

In ihrem neuen Stützpunkt, einem alten Lagerhaus am Stadtrand, arbeiten sie weiter daran, die letzten wenigen verbliebenen Mitglieder der Verschwörer zu finden und zu stoppen.

Eines Abends versammeln sich Sophie, Tom, Lisa, Anna und Mark, ein alter Freund von Tom, der ihnen oft geholfen hat, im Lagerhaus, um ihre nächsten Schritte zu besprechen.

Mark hat ihnen kürzlich Informationen über mögliche Verstecke der verbleibenden Verschwörer gegeben, und die müssen sie jetzt aufsuchen und durchsuchen.

„Wir müssen unsere nächsten Schritte planen", sagt Tom und breitet eine Karte von Eichenfeld auf dem Tisch aus. „Es gibt immer noch Hinweise darauf, dass einige Mitglieder der Gruppe in der Stadt sind."

„Wir sollten die alten Fabriken und Lagerhäuser durchsuchen", schlägt Lisa vor. „Das sind die perfekten Verstecke."

Mark nickt zustimmend. „Ich habe einige Informationen über diese Verstecke. Ich werde euch hinführen."

Sophie spürt eine seltsame Unruhe in sich. Mark war immer zuverlässig gewesen, aber in letzter Zeit hat er sich seltsam verhalten. Sie schüttelt das Gefühl ab und konzentriert sich auf die Planung.

„Mark, wie sicher sind diese Informationen?", fragt sie vorsichtig.

Mark zuckt mit den Schultern. „Ziemlich sicher. Meine Quellen sind vertrauenswürdig."

„Gut", sagt Tom. „Dann sollten wir keine Zeit verlieren. Lasst uns loslegen."

In der Nacht machen sie sich auf den Weg. Die erste Station ist ein altes, verlassenes Lagerhaus am Stadtrand. Sie bewegen sich vorsichtig und leise durch das Gebäude, ihre Taschenlampen werfen lange Schatten an die Wände.

„Hier entlang", flüstert Mark und führt sie durch einen engen Gang. „Ich habe gehört, dass sie sich hier treffen."

Plötzlich hören sie Geräusche hinter sich. Schritte und gedämpfte Stimmen. Sophie dreht sich um und sieht eine Gruppe Männer, die auf sie zukommen.

„Das ist ein Hinterhalt!", ruft Tom und zieht Sophie hinter eine Ecke. „Wir müssen hier raus!"

Die Männer stürmen auf sie zu, und die Freunde suchen Deckung. „Wie haben die uns gefunden?", keucht Anna, als sie sich hinter eine Mauer duckt.

„Es tut mir leid, aber ich hatte keine Wahl", sagt eine Stimme hinter ihnen. Es ist Mark.

Sophie kann es nicht fassen. „Mark, wie konntest du uns das antun? Wir haben dir vertraut!"

Mark sieht sie mit angstverzerrtem Gesicht an. „Sie haben meine Familie bedroht. Ich musste es tun, um sie zu schützen."

„Das ist kein Grund, uns zu verraten", ruft Tom wütend. „Du hast uns in Lebensgefahr gebracht!"

„Ich weiß", murmelt Mark. „Aber ich habe keinen anderen Ausweg gesehen."

„Du hättest uns vertrauen sollen", sagt Lisa. „Wir hätten dir geholfen."

Die Männer kommen näher, und die Situation wird immer gefährlicher. Sophie weiß, dass sie handeln müssen, um zu überleben.

„Wir müssen einen Weg finden, hier rauszukommen", flüstert sie Tom zu. „Vielleicht gibt es einen Hinterausgang."

„Ja, da vorne", antwortet Tom und deutet auf eine Tür am Ende des Ganges. „Aber wir müssen schnell sein."

„Wir brauchen eine Ablenkung", sagt Lisa und beginnt, laut gegen die Wände zu klopfen, um die Männer abzulenken.

Sophie, Tom und Anna rennen zur Tür und schaffen es, sie zu öffnen. „Schnell, hier entlang!", ruft Tom.

Sie stürmen hinaus in die kalte Nacht und rennen so schnell sie können. Die Verfolger bleiben ihnen dicht auf den Fersen, aber sie haben einen kleinen Vorsprung.

„Wir müssen in die Stadt zurück", keucht Sophie. „Dort können wir Hilfe finden."

„Was ist mit Mark?", fragt Anna. „Wir können ihn nicht zurücklassen."

„Er hat uns verraten", antwortet Tom düster. „Wir können ihm nicht mehr vertrauen."

Sie erreichen schließlich die Stadt und schaffen es, sich in einer kleinen Gasse zu verstecken. Die Verfolger scheinen sie verloren zu haben. Sie nutzen diese Gelegenheit, um Luft zu holen.

„Das war knapp", sagt Lisa, als sie sich gegen die Wand lehnt. „Aber wir haben es geschafft."

Sophie nickt, ihr Herz schlägt noch immer heftig. „Aber wir dürfen nicht nachlassen. Wir müssen diese Gruppe endgültig stoppen."

„Ja", stimmt Tom zu. „Und wir müssen herausfinden, warum Mark uns verraten hat. Es muss einen Weg geben, ihm zu helfen."

Die Freunde sammeln ihre Kräfte und machen sich auf den Weg zurück zu ihrem Stützpunkt. Sie wissen, dass sie vorsichtiger sein müssen, aber ihre Entschlossenheit ist stärker denn je.

„Wir dürfen jetzt nicht aufgeben", sagt Sophie entschlossen. „Wir müssen weitermachen, bis die komplette Wahrheit vollständig enthüllt ist."

Am nächsten Morgen, als die ersten Sonnenstrahlen durch die Fenster des Lagerhauses fallen, setzen sie sich zusammen, um ihre nächsten Schritte zu besprechen. Die Nacht war lang und anstrengend, und sie fühlen sich erschöpft, aber entschlossen.

„Wir müssen herausfinden, was wirklich hinter Marks Verrat steckt", sagt Sophie. „Es kann nicht nur um seine Familie gehen. Es muss mehr dahinterstecken."

„Vielleicht wurden sie erpresst", überlegt Anna. „Wenn wir seine Familie finden und in Sicherheit bringen, könnte er uns helfen."

„Gute Idee", sagt Tom. „Wir sollten sofort damit anfangen."

Sie verbringen den Vormittag damit, Informationen über Marks Familie zu sammeln. Sie finden heraus, dass seine Schwester und seine Mutter in einem kleinen Haus am Rande der Stadt leben. Sie beschließen, dorthin zu gehen und sie in Sicherheit zu bringen.

Als sie das Haus erreichen, finden sie es verlassen vor. Doch es gibt Anzeichen dafür, dass die Familie in Eile gegangen ist. Sophie entdeckt eine Nachricht auf dem Küchentisch, die in Hektik geschrieben worden ist.

„Mark, wir mussten gehen. Sie sagten, sie würden uns holen, wenn du nicht tust, was sie wollen. Bitte sei vorsichtig."

„Das bestätigt unsere Vermutung", sagt Tom. „Wir müssen sie finden und in Sicherheit bringen."

„Aber wo könnten sie sein?", fragt Lisa. „Sie könnten überall sein."

„Wir müssen jemanden finden, der uns helfen kann", sagt Sophie. „Vielleicht gibt es noch jemanden in der Stadt, der mehr weiß."

Sie beschließen, zu einem alten Freund der Familie zu gehen, der vielleicht mehr Informationen hat. Der Mann, Herr Meier, ist ein pensionierter Polizist und kennt die Stadt wie seine Westentasche.

„Herr Meier, wir brauchen Ihre Hilfe", sagt Sophie, als sie ihn in seinem Haus besuchen. „Marks Familie ist in Gefahr, und wir müssen sie finden."

Herr Meier nickt ernst. „Ich habe von den Problemen gehört. Es gibt ein altes Versteck in den Wäldern, welches früher als Unterschlupf genutzt wurde. Vielleicht sind sie dort."

„Danke, Herr Meier", sagt Tom. „Das könnte ein wichtiger Anhaltspunkt sein."

Sie machen sich sofort auf den Weg in den Wald. Es ist ein langer und beschwerlicher Weg, aber sie geben nicht auf. Schließlich erreichen sie eine alte Hütte, die tief im Wald verborgen liegt.

„Das muss es sein", sagt Sophie und klopft an die Tür. „Marks Familie könnte hier sein."

Die Tür öffnet sich langsam, und Marks Schwester steht dort, Tränen in den Augen. „Sophie, Tom, ihr habt uns gefunden."

„Wir sind hier, um euch in Sicherheit zu bringen", sagt Tom. „Kommt, wir müssen schnell sein."

Sie führen Marks Familie zurück in die Stadt und bringen sie in ein sicheres Versteck.

Sophie weiß, dass sie jetzt mit Mark reden müssen, um die ganze Wahrheit herauszufinden.

Als sie Mark mit allen Details konfrontieren, bricht er in Tränen aus. „Ich hatte solche Angst. Sie sagten, sie würden meine Familie holen, wenn ich nicht tue, was sie wollen."

„Mark, wir haben deine Familie in Sicherheit gebracht", sagt Sophie sanft. „Du kannst uns alles erzählen. Wir müssen wissen, wer dahintersteckt."

Mark sieht sie an, seine Augen voller Reue. „Es gibt jemanden in der Gruppe, der viel mächtiger ist, als wir dachten. Er kontrolliert alles. Ich musste ihm Informationen geben, sonst hätte er meine Familie getötet."

„Wer ist dieser Mann?", fragt Tom ernst.

„Sein Name ist Heinrich Müller", sagt Mark. „Er ist der wahre Anführer der Gruppe. Er hat überall seine Leute, und er wird nicht aufhören, bis er seine Ziele erreicht."

„Wir müssen Heinrich Müller finden und stoppen", sagt Sophie entschlossen. „Er ist anscheinend die Schlüsselperson hinter all dem."

Die Freunde wissen, dass sie jetzt hypervorsichtig sein müssen, aber sie sind bereit, alles zu tun, um Heinrich Müller zu finden und zur Strecke zu bringen.

Mit Marks Hilfe planen sie ihren nächsten Schritt, um den wahren Drahtzieher der Verschwörung zu finden und endgültig zu besiegen.

Die kommenden Tage sind voll intensiver Ermittlungen und geheimer Treffen. Sophie und ihre Freunde arbeiten unermüdlich daran, Informationen über Heinrich Müller zu sammeln und einen Plan zu schmieden, um ihn zu fassen.

Eines Nachts, als sie sich wieder in ihrem Lagerhaus treffen, sagt Mark: „Ich habe Informationen erhalten, dass Müller ein kurzfristiges geheimes Treffen organisiert hat. Es findet morgen Abend in einer alten Fabrik statt."

„Das ist unsere Chance", sagt Tom entschlossen. „Wir müssen dort hin und ihn fassen."

„Aber wir müssen vorsichtig sein", warnt Lisa. „Er wird schwer bewacht sein."

„Wir schaffen das", sagt Sophie. „Gemeinsam können wir ihn bestimmt stoppen."

Am nächsten Abend machen sie sich auf den Weg zur alten Fabrik. Sie sind nervös, aber entschlossen, ihre Mission zu erfüllen. Als sie das Gebäude erreichen, sehen sie Lichter und hören Stimmen.

„Das ist es", flüstert Mark. „Das scheint Müllers Treffen zu sein."

„Ich rufe jetzt sicherheitshalber die Polizei an", murmelt Tom. „Wir brauchen auf jeden Fall Unterstützung."

„Ja... mach das bitte", sagt Sophie leise zu ihm. „Die Männer müssen festgenommen werden."

Sie schleichen sich durch das Gebäude und beobachten das Treffen aus sicherer Entfernung. Heinrich Müller steht im Zentrum des Raumes, umgeben von seinen Anhängern. Er spricht leise, aber eindringlich, und seine Präsenz ist einschüchternd.

„Das ist unsere Chance", flüstert Tom. „Wir müssen ihn fassen."

Sie warten den richtigen Moment ab, und als Müller und seine Anhänger abgelenkt sind, stürmen sie vor. „Heinrich Müller, jetzt haben wir dich!", ruft Sophie.

Müller dreht sich um, seine Augen blitzend vor Wut. „Ihr werdet mich nicht aufhalten!", ruft er und zieht ein Messer.

Es kommt zu einem wilden Handgemenge, bei dem Schreie und Geräusche durch die Fabrik hallen. Sophie und ihre Freunde kämpfen tapfer, und schließlich gelingt es ihnen, Müller zu überwältigen.

„Das ist das Ende, Müller", sagt Sophie. „Du wirst für all deine Verbrechen bezahlen."

Sirenen ertönen plötzlich, die Polizei trifft mit mehreren Fahrzeugen ein und nimmt Müller und seine Anhänger fest. Es war ein harter Kampf gewesen, aber sie haben es geschafft. Die Bedrohung durch die Verschwörer ist nun endgültig gebannt.

„Wir haben es geschafft", sagt Tom erschöpft, aber glücklich. „Die Wahrheit ist endlich ans Licht gekommen."

„Ja", antwortet Sophie und umarmt ihn.

Sie wissen, dass sie noch viele Herausforderungen vor sich haben, aber ihre Freundschaft und ihre Entschlossenheit werden ihnen die Kraft geben, jede Hürde zu überwinden.

In den folgenden Wochen kehrt langsam Normalität in Eichenfeld ein. Die Stadt beginnt, sich von den traumatischen Ereignissen zu erholen, und die Menschen fühlen sich wieder sicher.

Sophie und ihre Freunde werden als Helden gefeiert, und sie wissen, dass sie immer aufeinander zählen können.

„Es wäre schön, wenn in Eichenfeld wieder Frieden ist", sagt Sophie eines Abends, als sie mit ihren Freunden am Lagerfeuer sitzt.

„Ja", antwortet Tom und nimmt ihre Hand. „Die Menschen sollen keine Angst mehr haben müssen."

Ihre Liebe und ihre Freundschaft haben ihnen die Kraft gegeben, die dunkelsten Zeiten zu überstehen.

Und nun können sie endlich in eine bessere Zukunft blicken, ohne Angst und Bedrohung.

Ein Wendepunkt

Obwohl Heinrich Müller und seine Männer gefasst wurden, spüren sie, dass die Bedrohung noch nicht vollständig gebannt ist. Sophie denkt über alles nach, was bis heute passiert ist.

„Wir sind so weit gekommen", sagt Sophie leise zu Tom, der neben ihr sitzt. „Aber ich habe irgendwie das Gefühl, dass noch etwas fehlt. Ich fühle eine unerklärliche Unruhe in mir."

Tom nickt und greift nach ihrer Hand. „Wir haben viel erreicht, aber wir müssen sicherstellen, dass die Anführer endgültig zur Rechenschaft gezogen werden. Es gibt bestimmt noch Beweisstücke, die wir übersehen haben."

An diesem Nachmittag, als Sophie und Tom sich von dem Stress der letzten Tage etwas erholt haben, beschließen sie, zurück zur Villa zu gehen.

Sie sind entschlossen, nach den letzten fehlenden Beweisen zu suchen, die die Anführer der Gruppe endgültig und umfassend überführen können.

„Wir müssen vorsichtig sein", warnt Tom, als sie das verlassene Anwesen betreten. „Wer weiß, ob hier noch jemand ist."

Sophie nickt und zieht ihre Taschenlampe aus der Tasche. „Lass uns das hier zu Ende bringen."

Sie durchsuchen die Villa systematisch, Raum für Raum. Die Stille des Gebäudes wird nur von ihren Schritten und gelegentlichem Knistern von altem Holz unterbrochen.

Sie durchforsten Schubladen, Schränke und viele verborgene Ecken.

Die Villa ist riesig und dunkel, sie wirkt wie ein Labyrinth aus verfallenen Zimmern und Gängen.

Sophie und Tom bewegen sich langsam und vorsichtig durch das Haus, ihre Taschenlampen werfen lange Schatten an die Wände. Die Anspannung ist fühlbar, aber sie wissen, dass sie nicht aufgeben dürfen.

„Hier drüben", flüstert Tom und zeigt auf eine Tür, die leicht angelehnt ist. „Vielleicht finden wir dort etwas."

Sie betreten den Raum und sehen eine alte Bibliothek, die voller staubiger Bücher und Dokumente ist. Sophie beginnt, die Regale zu durchsuchen, während Tom einen alten Schreibtisch untersucht.

„Es muss hier etwas geben", murmelt Sophie, während sie ein Buch nach dem anderen durchblättert. „Irgendetwas, das sie übersehen haben."

Tom öffnet eine Schublade und findet eine kleine Truhe. „Schau mal, Sophie", sagt er aufgeregt. „Vielleicht ist hier etwas drin."

Sophie tritt näher, und gemeinsam öffnen sie die Truhe. Drinnen finden sie alte Dokumente und Fotos, die sorgfältig verstaut sind.

„Das sieht wichtig aus", sagt Sophie und greift nach einem vergilbten Umschlag. „Lass uns das genauer ansehen."

Sophie öffnet den Umschlag vorsichtig und zieht ein altes Foto heraus. Sie hält es ins Licht und sieht mehrere Männer und Frauen in feierlichen Gewändern, die an einer Zeremonie teilnehmen. Im Hintergrund ist ein großes Symbol zu sehen, das sie sofort erkennt.

„Das sind die Anführer der Kultgruppe", sagt Sophie aufgeregt. „Und das ist das Symbol, das wir überall gesehen haben."

Tom tritt näher und schaut sich das Foto an. „Das ist der Beweis, den wir brauchen. Jetzt sind sie fällig."

„Lass uns das zur Polizei bringen, bevor man uns hier findet", sagt Sophie entschlossen. Sie packen die Dokumente und den Umschlag ein und verlassen die Villa so schnell wie möglich.

Zurück im Polizeirevier übergeben sie alles an Kommissar Müller. „Das sind die Beweise, die wir brauchen, um sie endgültig zu überführen", sagt Sophie und legt das Foto und die Dokumente auf den Tisch.

Kommissar Müller sieht sich alles an und nickt anerkennend. „Ihr habt großartige Arbeit geleistet. Das wird reichen für eine Anklage und eine Verurteilung."

Tom atmet erleichtert aus. „Wir haben es geschafft. Jetzt können sie nicht mehr entkommen."

Die Polizei beginnt sofort mit den Ermittlungen und nutzt die neuen Beweise, um die Anführer des Kultgruppe festzunehmen. Es ist ein langwieriger Prozess, aber schließlich gelingt es ihnen, alle Verantwortlichen vor Gericht zu bringen.

Einige Wochen später versammeln sich Sophie, Tom, Lisa und Anna erneut im Polizeirevier.

Kommissar Müller hat gute Nachrichten für sie. „Dank eurer Hilfe konnten wir alle Anführer festnehmen. Die Gruppe ist endgültig zerschlagen."

„Das ist ein unglaubliches Gefühl", sagt Sophie und lächelt erleichtert. „Wir haben so lange dafür gekämpft."

Sie verlassen das Polizeirevier und gehen hinaus in die frische Luft. Die Sonne scheint hell, und es fühlt sich an, als ob ein neues Kapitel in ihrem Leben beginnt.

Sie haben gemeinsam gekämpft und gesiegt, und nun können sie endlich in eine bessere Zukunft blicken.

„Wir haben das gemeinsam geschafft", sagt Sophie, als sie mit Tom, Lisa und Anna auf dem Marktplatz von Eichenfeld steht.

Letzte Konfrontation

Die Nachricht von den kürzlichen Festnahmen der Verschwörer breitet sich wie ein Lauffeuer in Eichenfeld aus. Die Stadt atmet langsam auch, doch wissen Sophie und ihre Freunde, dass der Kampf noch nicht vorbei ist.

Sie haben Informationen erhalten, die darauf hindeuten, dass der letzte und gefährlichste Anführer der Gruppe, ein Mann namens Johann Falk, sich in einem alten Herrenhaus tief im Wald versteckt hält.

Die Freunde versammeln sich in ihrem Versteck im Lagerhaus, um einen Plan zu schmieden.

„Wir dachten, die ganze Gruppe sei komplett zerschlagen. Wir waren der Meinung, dass alle Anführer ebenfalls verurteilt worden seien. Aber nun scheint es noch einen zu geben.", sagt Tom, während er eine Karte der Stadt auf dem Tisch ausbreitet. „Er hat es perfekt geschafft im Verborgenem zu bleiben. Falk ist aber wohl der Gefährlichste von allen und plant vermutlich seinen nächsten Schachzug."

Sophie nickt und sieht Tom in die Augen. „Wir müssen ihn finden und aufhalten."

Lisa und Anna nicken zustimmend. „Was ist unser Plan?", fragt Lisa und lehnt sich vor.

„Unsere Informationen deuten darauf hin, dass er sich in einem alten Herrenhaus versteckt, tief im Wald. Wir müssen uns dort hinschleichen und ihn überraschen", erklärt Tom.

„Das wird nicht einfach", sagt Anna nachdenklich. „Er wird gut bewaffnet und vorbereitet sein."

„Deshalb müssen wir zusammenarbeiten", sagt Sophie entschlossen. „Gemeinsam sind wir stark genug, das durchzustehen."

Am nächsten Morgen brechen sie früh auf, ausgerüstet mit dem Nötigsten und der Entschlossenheit, den letzten Anführer zur Strecke zu bringen. Der Weg durch den dichten Wald ist beschwerlich, doch sie lassen sich nicht entmutigen.

„Bleibt nah beieinander", sagt Tom und führt die Gruppe vorsichtig durch das Dickicht. „Wir dürfen uns nicht trennen."

Sophie hält die Augen offen und lauscht auf jedes Geräusch. „Wir müssen leise sein. Wenn uns jemand hört, haben wir keine Chance mehr."

Nach Stunden des Marschierens erreichen sie schließlich das Herrenhaus. Es wirkt verlassen, doch sie wissen, dass der Schein trügt. Die Fenster sind zugenagelt, und das Gebäude ist von Unkraut überwuchert.

„Das ist es", flüstert Lisa. „Sind wir bereit?"

„Wir haben keine andere Wahl", antwortet Sophie. „Lasst uns das beenden. Und wir sollten auch jetzt sofort die Polizei über unser Vorhaben informieren. Ich rufe Kommissar Müller an."

Sie schleichen sich vorsichtig an das Haus heran und betreten es durch eine kaputte Hintertür. Drinnen ist es dunkel und staubig, die Luft riecht nach Moder und Verfall.

„Seid vorsichtig", warnt Anna. „Wir wissen nicht, wie viele Männer er bei sich hat."

Sie bewegen sich durch die dunklen Gänge und versuchen, so leise wie möglich zu sein.

Plötzlich hören sie Stimmen aus einem der hinteren Räume. Tom hebt die Hand und signalisiert ihnen, stehen zu bleiben.

„Das muss er sein", flüstert er. „Bereit?"

Sophie nickt und gibt das Signal. Gemeinsam stürmen sie den Raum, ihre Entschlossenheit stärker als ihre Angst.

„Johann Falk... das Spiel ist aus!", ruft Tom, als sie die Männer überraschen.

Falk dreht sich um, überrascht und wütend. „Ihr Narren!", schreit er. „Ihr werdet hier nicht lebend herauskommen!"

Ein wilder Kampf entbrennt. Die Freunde setzen alles auf eine Karte, und kämpfen mit aller Kraft gegen die Männer. Die Luft ist erfüllt mit dem Geräusch von Schlägen und Schreien, während sie sich verzweifelt gegen die Übermacht wehren.

Sophie wird zu Boden geschlagen, doch sie gibt nicht auf. „Tom!", ruft sie, ihre Stimme durch den Schmerz verzerrt. „Wir dürfen nicht aufgeben!"

Tom kämpft sich zu ihr durch und hilft ihr auf die Beine. „Wir schaffen das, Sophie."

Lisa und Anna kämpfen ebenfalls tapfer, ihre Entschlossenheit ungebrochen. Es ist ein erbitterter Kampf, bei dem wirklich jede Sekunde zählt.

Plötzlich hören sie das Geräusch von Sirenen in der Ferne. Die Polizei ist auf dem Weg. „Haltet durch!", ruft Tom. „Die Hilfe ist unterwegs!"

Falk erkennt die drohende Gefahr und versucht zu fliehen. „Ihr habt vielleicht heute gewonnen, aber das ist noch nicht das Ende!", schreit er, während er sich durch einen Hinterausgang zu retten versucht.

„Nicht so schnell!", ruft Sophie und wirft sich ihm entgegen. Sie ringt ihn zu Boden, ihre letzten Kräfte mobilisierend. „Du entkommst uns nicht!"

Die Polizei stürmt das Herrenhaus und überwältigt die restlichen Männer. Kommissar Müller eilt herbei und hilft Sophie auf die Beine. „Ihr habt großartige Arbeit geleistet", sagt er. „Dank euch ist diese Bedrohung endgültig vorbei."

Tom nimmt Sophie in die Arme, ihre Erschöpfung und Erleichterung vermischen sich zu einem überwältigenden Gefühl. „Wir haben es geschafft, Sophie. Wir haben es wirklich geschafft."

Die Freunde werden ins Krankenhaus gebracht, wo sie ihre Wunden versorgen lassen. Die Nachricht von ihrem Sieg verbreitet sich schnell, und die Menschen von Eichenfeld feiern ihre Helden.

Einige Tage später versammeln sich die Freunde wieder auf dem Marktplatz von Eichenfeld. Die Sonne scheint hell, und es fühlt sich an, als ob ein neues Kapitel in ihrem Leben beginnt.

„Es ist endlich vorbei", sagt Lisa und atmet tief durch. „Wir können wieder normal leben."

„Ja", antwortet Anna. „Und wir werden nie vergessen, was wir gemeinsam durchgestanden haben."

Tom legt den Arm um Sophie und zieht sie näher zu sich. „Egal, was die Zukunft bringt, wir werden es gemeinsam meistern."

Ihre Liebe und ihre Freundschaft haben ihnen die Kraft gegeben, die dunkelsten Zeiten zu überstehen.

Und nun können sie endlich in eine Zukunft blicken, ohne Angst und Bedrohung, mit dem Wissen, dass sie alles erreichen können, solange sie zusammenhalten.

Der Kampf ist vorbei

Die Tage nach dem entscheidenden Kampf sind geprägt von Erleichterung, aber auch gleichzeitig von einem Hauch Unsicherheit. Sophie, Tom, Lisa und Anna verbringen viel Zeit miteinander, um sich gegenseitig zu stützen und die Erlebnisse zu verarbeiten.

Die Sonne scheint hell über Eichenfeld, doch die Schatten der Vergangenheit sind noch immer spürbar.

Im Polizeirevier herrscht reger Betrieb. Beamte sichten und analysieren die beschlagnahmten Dokumente und Beweise, während Sophie und ihre Freunde geduldig warten. Die Aufdeckung der Verbrechen der Kultgruppe ist in vollem Gange, und sie wissen, dass ihre Informationen entscheidend sind.

„Wir haben so viel durchgemacht", sagt Sophie leise zu Tom, während sie auf einer Bank im Flur sitzen. „Es ist schwer zu glauben, dass es jetzt endlich vorbei ist."

Tom legt einen Arm um sie. „Es ist vorbei, Sophie. Dank uns konnten sie endlich alle zur Rechenschaft gezogen werden."

Plötzlich öffnet sich die Tür zum Büro des Polizeichefs, und ein Beamter tritt heraus. „Kommt rein", sagt er und winkt sie hinein. „Der Polizeichef möchte mit euch sprechen."

Im Büro des Polizeichefs herrscht eine feierliche Stimmung. Der Chef, ein älterer Mann mit grauem Haar und scharfen Augen, steht hinter seinem Schreibtisch und begrüßt sie mit einem Lächeln.

„Ich möchte mich bei euch bedanken", beginnt er. „Dank eurer Hilfe konnten wir nun wirklich die gesamte Gruppe zerschlagen."

Sophie nickt und erwidert das Lächeln. „Es war ein harter Kampf, aber es hat sich gelohnt."

„Ja, das hat es", bestätigt der Polizeichef. „Die Verbrechen, die diese Kultgruppe begangen hat, sind unvorstellbar. Doch dank euch haben wir die Verantwortlichen zur Strecke gebracht."

Lisa tritt vor und fragt: „Was passiert jetzt mit ihnen?"

„Auch die letzten werden jetzt vor Gericht gebracht", antwortet der Polizeichef. „Die Beweise, die ihr uns geliefert habt, sind erdrückend und überwältigend. Es wird ein langer Prozess, aber wir sind zuversichtlich, dass die Gerechtigkeit siegen wird."

Die Wochen vergehen, und der Prozess gegen die Kultgruppenmitglieder beginnt. Sophie und ihre Freunde verfolgen die Verhandlungen aufmerksam, während sie versuchen, in ihren Alltag zurückzukehren. Es ist ein schwieriger Weg, doch die Gewissheit, dass sie einen wichtigen Beitrag zur Gerechtigkeit geleistet haben, gibt ihnen Kraft.

Eines Abends treffen sie sich in ihrem Lieblingscafé, um über die vergangenen Ereignisse zu sprechen und ihre Freundschaft zu feiern.

„Es ist schwer zu glauben, dass wir das alles durchgestanden haben", sagt Anna und rührt in ihrem Tee. „Aber wir haben es geschafft."

Die Aufdeckung der Verbrechen dieser Gruppe bringt viele schockierende Details ans Licht. Die Medien berichten ausführlich darüber, und die Öffentlichkeit ist entsetzt über das Ausmaß der Verbrechen.

Doch gleichzeitig wächst auch die Bewunderung für Sophie und ihre Freunde, die unermüdlich für die Wahrheit gekämpft haben.

Eines Tages erhalten sie eine Einladung zur Ehrung im Rathaus. Die Stadt Eichenfeld möchte ihnen für ihren Mut und ihre Entschlossenheit danken. Es ist eine feierliche Zeremonie, bei der sie vor den versammelten Bürgern geehrt werden.

Der Bürgermeister tritt ans Rednerpult und blickt in die Menge. „Heute ehren wir vier junge Menschen, die uns allen gezeigt haben, was Mut und Entschlossenheit bedeuten kann. Sophie, Tom, Lisa und Anna haben vorbehaltlos ihr eigenes Leben aufs Spiel gesetzt, um unsere Stadt vor einer großen Gefahr zu bewahren."

Die Menge applaudiert, und Sophie fühlt, wie ihr die Tränen in die Augen steigen. Es ist ein Moment des Stolzes und der Anerkennung, der die schweren Zeiten der letzten Monate fast vergessen macht.

Nach der Zeremonie versammeln sich die Freunde im Park und genießen die ruhige Atmosphäre. Die Vögel singen, und die Sonne strahlt warm vom Himmel.

„Es fühlt sich gut an, endlich etwas Normalität zu haben", sagt Lisa und streckt sich auf der Wiese aus.

„Ja", stimmt Tom zu. „Wir haben uns das verdient."

Die Tage vergehen und der Alltag kehrt zurück. Sophie und ihre Freunde finden wieder in ihre täglichen Routinen zurück und genießen die kleinen Freuden des Lebens.

Doch die Erfahrungen der letzten Monate haben sie verändert. Sie sind stärker und selbstbewusster geworden, und ihre Freundschaft ist tiefer denn je.

Eines Abends sitzen sie zusammen auf Sophies Veranda und blicken in den sternenklaren Himmel. Es ist ein ruhiger Abend, und die Luft ist erfüllt von einem Gefühl der Zufriedenheit und des Friedens.

„Wir haben viel durchgemacht", sagt Sophie nachdenklich. „Aber ich bin froh, dass wir es getan haben. Wir haben etwas Wichtiges erreicht."

Die Sonne geht langsam unter, und die Freunde genießen die letzten Momente des Tages. Es ist ein friedlicher Abend, der perfekte Abschluss eines langen und herausfordernden Kapitels in ihrem Leben.

Sie wissen, dass noch viele Abenteuer und Herausforderungen auf sie warten, aber sie sind bereit, diese gemeinsam zu meistern.

„Auf uns", sagt Lisa und hebt ihr Glas. „Auf die Freundschaft, die uns stark gemacht hat."

„Auf uns", stimmen die anderen ein und stoßen an.

Heilung und Genesung

Die ersten Sonnenstrahlen am Morgen tauchen die Stadt Eichenfeld in ein warmes, goldenes Licht. Die Menschen beginnen langsam, sich von den Schrecken der letzten Monate zu erholen. Die Straßen füllen sich wieder mit Leben, und das Geräusch von Kinderlachen hallt durch die Gassen.

Die Schatten der Vergangenheit sind zwar noch spürbar, doch die Hoffnung auf eine bessere Zukunft wächst mit jedem Tag.

Sophie sitzt in ihrem Wohnzimmer und schaut aus dem Fenster. Sie beobachtet, wie die Stadt erwacht, und ein Gefühl der Zufriedenheit erfüllt sie.

Die letzten Monate waren hart, aber sie und ihre Freunde haben es geschafft. Sie haben diese Gruppe zerschlagen und die Verantwortlichen konnten vollends zur Rechenschaft gezogen werden.

„Es fühlt sich so gut an, endlich wieder Frieden zu haben", murmelt sie zu sich selbst.

Ein leises Klopfen an der Tür reißt sie aus ihren Gedanken. Es ist Tom, der mit einem Lächeln hereinkommt. „Bereit für den Tag?", fragt er und setzt sich neben sie.

„Ja", antwortet Sophie und nimmt seine Hand. „Ich habe heute einiges vor. Ich möchte Max im Krankenhaus besuchen."

„Das ist eine gute Idee", sagt Tom und drückt ihre Hand. „Er wird sich freuen, dich zu sehen."

Ein paar Stunden später steht Sophie vor dem Krankenhaus und atmet tief durch.

Sie hat Max seit dem entscheidenden Kampf nicht mehr gesehen und macht sich Sorgen um ihn.

Sie geht durch die automatischen Türen und meldet sich an der Rezeption an. Die Krankenschwester weist ihr den Weg zu Max' Zimmer.

Als sie die Tür öffnet, sieht sie Max im Bett liegen. Er sieht blass und erschöpft aus, aber ein Lächeln breitet sich auf seinem Gesicht aus, als er Sophie sieht.

„Sophie!", ruft er schwach, aber freudig. „Ich bin so froh, dich zu sehen."

Sophie eilt zu ihm und setzt sich auf einen Stuhl neben seinem Bett. „Wie geht es dir, Max?", fragt sie und nimmt seine Hand.

„Besser, dank dir", antwortet Max. „Du hast mir das Leben gerettet."

Sie verbringen den Nachmittag damit, sich zu unterhalten und Erinnerungen auszutauschen. Sophie erzählt ihm von den letzten Ereignissen und wie sie die Kultgruppe endgültig zerschlagen haben. Max hört aufmerksam zu, seine Augen leuchten vor Dankbarkeit und Bewunderung.

„Ich wusste, dass du es schaffen würdest", sagt er schließlich. „Du bist die mutigste Person, die ich kenne."

Sophie errötet leicht und drückt seine Hand. „Es war ein harter Kampf, aber ich hätte es ohne unsere Freunde nicht geschafft."

Während die Stadt weiter heilt, vertiefen sich die Freundschaften, die durch die gemeinsamen Erlebnisse gestärkt wurden.

Sophie, Tom, Lisa und Anna treffen sich regelmäßig, um Zeit miteinander zu verbringen und die Erlebnisse zu verarbeiten.

Sie wissen, dass sie immer aufeinander zählen können, und das gibt ihnen Kraft.

Eines Abends sitzen sie alle zusammen im Park, umgeben von den Geräuschen der Natur. Die Vögel singen, und die Abendsonne taucht alles in ein warmes Licht.

„Es fühlt sich so gut an, hier zu sein", sagt Lisa und lehnt sich zurück. „Wir haben so viel durchgemacht, aber wir sind stärker daraus hervorgegangen."

Sophie blickt in die Gesichter ihrer Freunde und lächelt. „Wir haben gezeigt, dass wir stark sind, wenn wir zusammenhalten. Nichts kann uns aufhalten."

Tom legt einen Arm um sie und zieht sie näher zu sich. „Egal, was die Zukunft bringt, wir werden es gemeinsam meistern."

Eines Tages dann erhält Sophie einen Anruf von Max. Er ist aus dem Krankenhaus entlassen worden und möchte sie treffen. Sie verabreden sich in ihrem Lieblingscafé, um gemeinsam die Zukunft zu planen.

„Es ist so gut, dich wieder draußen zu sehen", sagt Sophie, als sie sich an einen Tisch setzen.

„Es fühlt sich großartig an", antwortet Max und nimmt einen Schluck von seinem Kaffee. „Ich schulde dir so viel, Sophie. Danke, dass du für mich da warst."

Sophie schüttelt den Kopf. „Du bist mein Freund, Max. Ich würde alles für dich tun."

Die Zeit vergeht, und die Stadt blüht weiter auf. Sophie und ihre Freunde genießen die kleinen Freuden des Lebens und nutzen jede Gelegenheit, zusammen sein zu können.

„Egal, was kommt", sagt Sophie leise, „wir sind stärker als je zuvor."

Tom zieht sie näher zu sich und flüstert: „Gemeinsam sind wir unbesiegbar."

Die Sterne funkeln über ihnen, und in diesem Moment wissen sie, dass sie alles erreichen können.

Sie haben die dunkelsten Zeiten überstanden und blicken nun in eine strahlende Zukunft, bereit, jedes Hindernis zu überwinden, das ihnen in den Weg gestellt wird.

Träume und Pläne

Die Freunde haben sich verabredet. Sie sitzen alle zusammen in einem gemütlichen Café und genießen die entspannte Atmosphäre. Das Gespräch dreht sich um die Zukunft, um Pläne und Träume.

„Was werdet ihr jetzt tun?", fragt Lisa und nimmt einen Schluck von ihrem Kaffee.

Sophie lächelt und schaut zu Tom. „Ich denke, wir werden erst einmal das Leben genießen. Wir haben genug Abenteuer erlebt, jetzt ist die Zeit für etwas Ruhe gekommen."

Tom nickt zustimmend. „Ja, und vielleicht können wir endlich unsere Reisepläne umsetzen. Die Welt sehen, ohne ständig über die Schulter schauen zu müssen."

Anna lächelt. „Das klingt wundervoll. Ich denke, ich werde wieder zur Uni gehen und mein Studium abschließen."

Lisa legt ihre Hand auf Annas Arm. „Wir haben alle so viel durchgemacht. Es ist wichtig nach vorne zu schauen."

Die Freunde sitzen noch lange zusammen, lachen und teilen Geschichten. Es ist ein Abend des Friedens und der Hoffnung, ein Symbol für die Zukunft, die vor ihnen liegt.

Es wird spät und sie beschließen diesen wunderschönen Abend zu beenden.

Als Sophie und Tom das Café verlassen, gehen sie Hand in Hand durch die Straßen von Eichenfeld. Die Lichter der Stadt leuchten hell, und die Luft ist erfüllt von einem Gefühl der Erneuerung und des Neuanfangs.

„Wir haben das gemeinsam geschafft", sagt Sophie leise. „Und wir werden immer füreinander da sein."

Am nächsten Morgen brechen Sophie und Tom früh auf. Sie hatten beschlossen, einen Tag im Wald zu verbringen, um sich zu entspannen und die Natur zu genießen. Die Sonne scheint durch die Baumkronen, und die Vögel singen fröhlich.

„Das ist so friedlich", sagt Sophie, während sie Hand in Hand mit Tom einen Pfad entlanggehen. „Nach allem, was passiert ist, fühlt sich das hier wie ein Traum an."

Sie setzen sich an einen kleinen Bach und lassen ihre Füße im kühlen Wasser baumeln. Die Stille des Waldes umgibt sie, und sie genießen die einfache Freude des Augenblicks.

„Weißt du, Sophie", sagt Tom nach einer Weile. „Ich habe darüber nachgedacht, was du gesagt hast. Über das Reisen und das Leben genießen."

Sophie lächelt und lehnt sich an seine Schulter. „Und? Was hast du dir ausgedacht?"

„Ich denke, du hast recht. Wir sollten die Welt sehen und neue Abenteuer erleben. Aber diesmal ohne all die Gefahren und den Stress."

„Das klingt wundervoll", sagt Sophie. „Ich möchte die Welt mit dir entdecken."

Die Tage vergehen und sie beginnen, ihre Pläne in die Tat umzusetzen. Sie starten ihre Reisevorbereitungen. Sie sind entschlossen, das Leben in vollen Zügen zu genießen und jeden Moment zu schätzen.

Eines Abends, kurz bevor sie abreisen, treffen sich alle Freunde noch einmal in ihrem Lieblingscafé. Es ist ein Abend voller Lachen und Erinnerungen, ein Abschied und zugleich ein Neubeginn.

„Ich werde euch alle vermissen", sagt Anna und umarmt ihre Freunde. „Aber ich weiß, dass wir uns bald wiedersehen."

„Ja, das werden wir", versichert Lisa. „Unsere Freundschaft ist stark genug, um jede Entfernung zu überstehen."

Am Tag der Abreise stehen Sophie und Tom am Bahnhof, ihre Rucksäcke gepackt und die Tickets in der Hand. Die Sonne scheint hell, und die Welt liegt ihnen zu Füßen.

„Bist du bereit?", fragt Tom und sieht Sophie an.

„Ja", antwortet sie lächelnd. „Ich bin bereit."

Sie steigen in den Zug und lassen sich in ihren Sitzen nieder. Während der Zug aus dem Bahnhof fährt, blicken sie aus dem Fenster und sehen, wie die vertrauten Landschaften von Eichenfeld hinter ihnen verschwinden.

„Das ist der Beginn eines neuen Abenteuers", sagt Tom und nimmt Sophies Hand. „Egal, wohin wir gehen, wir werden es gemeinsam tun."

Und wie das Leben manchmal so spielt, kommen manche Dinge früher als erwartet...!

Bedrohliche Nachrichten

Sophie und Tom sind zurück von Ihrer langen Reise und haben sich nach den dramatischen Ereignissen in Eichenfeld erholt. Der Frieden in der Stadt scheint dauerhaft zu sein. Die Menschen leben ihr Leben in Ruhe und Sicherheit, und die Schrecken der Vergangenheit scheinen langsam zu verblassen.

Doch eines Abends, als die Sonne hinter den Hügeln verschwindet und die Dunkelheit über die Stadt hereinbricht, erhält Sophie eine mysteriöse SMS.

Sie sitzt im Wohnzimmer, liest ein Buch und genießt die Ruhe, als ihr Handy plötzlich vibriert. Verwirrt nimmt sie es in die Hand und öffnet die Nachricht.

„Ihr dachtet, es sei vorbei. Aber das Unheil kehrt zurück. - L.V."

Sophie spürt, wie sich ihr Magen zusammenzieht.

Die Worte auf dem Bildschirm sind einfach, aber die Bedeutung ist erschreckend. Sie starrt auf die Initialen „L.V." und ein Schauer läuft ihr über den Rücken.

Könnte es wirklich Lucas van Miltenburg sein, der ehemalige hochrangige Anführer der gesamten Gruppe?

Er hatte sich schon vor Jahren ins Ausland abgesetzt. Niemand wusste wohin und niemand hat jemals wieder etwas von ihm gehört.

„Tom, schau dir das an", sagt sie mit zitternder Stimme und reicht ihm das Handy.

Tom liest die Nachricht und seine Miene verdüstert sich. „L.V.? Das muss Lucas van Miltenburg sein. Ich dachte, er wäre für immer verschwunden."

„Offensichtlich nicht", murmelt Sophie. „Was sollen wir tun?"

„Wir müssen das ernst nehmen", sagt Tom entschlossen. „Lass uns zu Lisa und Anna gehen. Wir müssen besprechen."

Was bisher niemand herausgefunden hat: Lucas van Miltenburg hat sich in einem heruntergekommenen Viertel in Rotterdam versteckt, weit entfernt vom geschäftigen Zentrum der Stadt.

Er lebt auf einem alten, verlassenen Hausboot, das von außen recht unscheinbar wirkt. Doch im Inneren ist es ein Ort der Planung und des Unheils.

Lucas sitzt in einem dunklen Zimmer, das nur spärlich von einer kleinen Lampe erleuchtet wird. Die Wände sind kahl, die Möbel alt und abgenutzt.

Vor ihm liegt ein alter Laptop, dessen Bildschirm eine Liste von Telefonnummern zeigt. Er scrollt durch die Kontakte, bis er bei einem Namen anhält: Sophie.

„Ihr dachtet, es sei vorbei", murmelt er vor sich hin und beginnt eine Nachricht zu tippen. „Aber das Unheil kehrt zurück."

Er drückt auf „Senden" und lehnt sich zurück. Sein Gesicht zeigt ein kaltes, berechnendes Lächeln. Er hat viel Zeit und Mühe investiert, um herauszufinden, wo Sophie und Tom jetzt sind. Ihre scheinbare Ruhe und Sicherheit sind ihm ein Dorn im Auge.

Während Lucas seine Pläne schmiedet, geht das Leben in Rotterdam weiter.

Die Stadt ist belebt, voller Menschen, die ihrem Alltag nachgehen. Doch unter der Oberfläche braut sich etwas Dunkles zusammen.

Lucas hat sehr gute Kontakte in die kriminelle Unterwelt der Stadt. Die wollen ihm helfen, seine Pläne voranzutreiben.

Er trifft sich regelmäßig mit zwielichtigen Gestalten, um Ressourcen und Unterstützung zu organisieren.

Zurück in Eichenfeld haben sich Sophie und Tom mit Lisa und Anna getroffen. Die Nachricht von Lucas hat sie alle beunruhigt, und sie wissen, dass sie schnell handeln müssen.

„Das ist ernst", sagt Anna und sieht besorgt aus. „Wir wissen, wozu Lucas fähig ist. Wir müssen uns vorbereiten."

„Aber wie?", fragt Lisa. „Was, wenn er uns angreift?"

„Wir müssen die Polizei informieren und sicherstellen, dass alle auf der Hut sind", sagt Tom entschlossen. „Und wir müssen herausfinden, wo genau er sich versteckt."

Während sie ihre Pläne schmieden, klingelt Sophies Handy erneut. Eine weitere Nachricht von Lucas: „Ihr könnt mich nicht aufhalten. Das Unheil wird zurückkehren."

Sophie spürt einen kalten Schauer über ihren Rücken laufen. „Er ist näher, als wir dachten. Wir müssen jetzt sehr schnell handeln."

Tom nickt. „Lass uns zur Polizei gehen und ihnen alles erzählen. Sie müssen wissen, was los ist."

Bei der Polizei in Eichenfeld hören die Beamten aufmerksam zu, als Sophie und Tom von den Drohungen erzählen.

Kommissar Müller, ein erfahrener Mann mit einem scharfen Blick, nimmt die Sache sehr ernst.

„Wir werden alles tun, um euch zu schützen", verspricht er. „Aber wir müssen auch herausfinden, wo Lucas sich versteckt. Habt ihr irgendwelche Hinweise?"

„Wir wissen nur, dass er in den Niederlanden untergetaucht ist", sagt Tom. „Aber wir haben keine genauen Informationen."

„Das ist ein Anfang", sagt der Kommissar. „Wir werden versuchen mit den niederländischen Behörden zusammenzuarbeiten um mehr Informationen zu erhalten."

Spur nach Holland

Sophie und Tom sitzen im Wohnzimmer ihres Hauses in Eichenfeld, die mysteriöse Nachricht von Lucas van Miltenburg liegt ihnen immer noch schwer im Magen. Sie wissen, dass sie handeln müssen, bevor es zu spät ist

„Wir müssen herausfinden, woher die Nachrichten kommen", sagt Sophie und blickt Tom entschlossen an.

Tom nickt. „Wir können nicht einfach abwarten, bis er zuschlägt. Wir müssen aktiv werden."

Die beiden verbringen den Morgen damit, Informationen über Lucas van Miltenburg zu sammeln. Sie durchforsten das Internet, kontaktieren alte Bekannte und versuchen, jede mögliche Spur zu verfolgen. Es dauert nicht lange, bis sie einen ersten Anhaltspunkt finden. Mehrere Berichte und Hinweise deuten darauf hin, dass Lucas in Rotterdam gesehen wurde.

„Rotterdam", murmelt Sophie. „Das ergibt Sinn. Eine große Stadt, in der er leicht untertauchen kann."

„Dann machen wir uns auf den Weg", sagt Tom entschlossen. „Je schneller wir ihn finden, desto besser."

Sie packen ihre Sachen und machen sich auf den Weg nach Holland. Die Fahrt ist angespannt, die Stille im Auto wird nur von gelegentlichen Gesprächsfetzen unterbrochen. Beide sind in ihren Gedanken versunken.

Als sie nach den vielen Stunden im Auto in Rotterdam ankommen, spüren sie sofort die Energie und das geschäftige Treiben der Stadt. Die Kanäle glitzern im Sonnenlicht, und die Straßen sind voller Menschen, die ihrem Alltag nachgehen.

Doch Sophie und Tom haben keine Zeit für die Schönheit der Stadt. Sie haben ein Ziel.

Sie beginnen ihre Suche in den belebten Vierteln, fragen in Cafés und Geschäften nach, ob jemand Lucas gesehen hat. Auch nach vielen Stunden erhielten sie immer noch keine befriedigende Antwort. Sie wollten fast aufgeben, da sahen sie am Ende der Straße eine kleine Bar.

„Komm Sophie, da gehen wir jetzt rein", sagt Tom entschlossen. „Ein letzter Versuch hat noch nie geschadet."

Sie gingen hinein und sprachen den Mann hinter der Theke an. Es war der Besitzer. Dieser erinnert sich an einen Mann, der Lucas' Beschreibung entspricht.

„Er war hier, hat oft mit einem Mann gesprochen, der in der Unterwelt bekannt ist", erzählt der Besitzer.

„Können Sie uns sagen, wo wir diesen Mann finden können?", fragt Tom.

Der Besitzer zögert zunächst, doch dann gibt er ihnen endlich eine Adresse. „Ein altes Hausboot am Stadtrand. Aber seid vorsichtig, dort verkehren keine freundlichen Leute."

Sophie und Tom machen sich auf den Weg. Das Hausboot liegt in einem abgelegenen Kanal, umgeben von verlassenen Fabriken und leerstehenden Gebäuden. Es wirkt düster und unheimlich, ein Ort, der eine perfekte Deckung für dunkle Geschäfte bietet.

Sie parken das Auto sicherheitshalber in einiger Entfernung und nähern sich vorsichtig zu Fuß. Das Hausboot ist nicht sehr groß und heruntergekommen, die Fenster sind mit Brettern vernagelt, und die Tür sieht aus, als sei sie schon lange nicht mehr benutzt worden. Doch sie spüren, dass hier etwas vor sich geht.

„Wir müssen da rein", flüstert Sophie.

Tom nickt und zieht einen kleinen Dietrich aus der Tasche. Mit geübten Bewegungen öffnet er das Schloss, und die Tür schwingt mit einem knarrenden Geräusch auf. Sie treten in das dunkle Innere und bleiben einen Moment stehen, um ihre Augen an die Dunkelheit zu gewöhnen.

Im Inneren des Hausbootes ist es still, nur das leise Tropfen von Wasser und ein Rascheln ist zu hören. Sie bewegen sich vorsichtig durch den engen Gang, immer auf der Hut.

Plötzlich hören sie Stimmen. Sie folgen dem Geräusch und kommen an eine Tür, hinter der gedämpfte Gespräche zu hören sind.

Sie spähen durch einen Spalt und sehen eine kleine Gruppe von Männern, die um einen Tisch versammelt sind. Einer von ihnen ist Lucas van Miltenburg. Sie erkennen ihn anhand eines alten Zeitungsbildes wieder. Er scheint eine hitzige Diskussion zu führen, und auf dem Tisch liegen Papiere und Karten.

„Das sind die gleichen Symbole wie beim Orden der Verborgenen", flüstert Sophie. „Er hat eine neue Gruppe gegründet."

Tom nickt. „Wir müssen herausfinden, was sie planen."

Sie beobachten Männer weiter, und es wird schnell klar, dass Lucas in Verbindung mit einer neuen, gefährlichen Gruppierung steht. Diese Gruppe befasst sich mit den gleichen okkulten Praktiken wie der Orden der Verborgenen. Die Männer diskutieren über Rituale und Pläne, die sie in den nächsten Tagen umsetzen wollen.

Plötzlich hören sie Schritte hinter sich. Sophie und Tom drehen sich um und sehen einen Mann, der sie entdeckt hat. „Was macht ihr hier?", fragt er misstrauisch.

Tom reagiert schnell. „Wir haben uns verlaufen. Wir suchen nach einem Freund."

Der Mann sieht sie argwöhnisch an, dann nickt er in Richtung Ausgang. „Ihr solltet besser verschwinden, bevor ihr Ärger bekommt."

Sophie und Tom nicken und machen sich schnell auf den Weg nach draußen. Sie wissen, dass sie keine Zeit verlieren dürfen.

„Wir müssen zurück nach Eichenfeld und die anderen warnen", sagt Sophie, als sie das Hausboot hinter sich lassen. „Lucas plant etwas Großes, und wir müssen vorbereitet sein."

„Und wir müssen die Polizei informieren", fügt Tom hinzu. „Sie muss wissen, was hier vor sich geht."

Die Rückfahrt nach Eichenfeld ist genauso angespannt wie die Hinfahrt. Doch dieses Mal sind sie sich sicher, dass sie auf der richtigen Spur sind. Sie haben gesehen, dass Lucas nicht allein handelt und sie wissen, dass die Gefahr größer ist, als sie gedacht hatten.

Zurück in Eichenfeld versammeln sie ihre Freunde und berichten von ihren Entdeckungen.

„Lucas ist in Rotterdam und hat eine neue Gruppe gegründet", sagt Sophie. „Sie planen etwas, und wir müssen bereit sein."

Die Freunde nicken entschlossen. „Wir werden uns vorbereiten", sagt Lisa.

„Und wir werden die Polizei informieren", fügt Anna hinzu.

„Und ich fahre mit Tom noch einmal nach Rotterdam", sagt Sophie. „Wir benötigen mehr Informationen und viel mehr Details."

Das Versteck

Sophie und Tom sind zurück in Rotterdam, entschlossen, mehr über die Machenschaften von Lucas van Miltenburg und seiner neuen Gruppierung herauszufinden. Das heruntergekommene Hausboot, auf dem sie bei ihrem letzten Besuch waren, steht im Mittelpunkt ihrer Ermittlungen.

Der Abend bricht herein, als sie sich auf den Weg machen, um das Hausboot erneut zu untersuchen.

„Bist du sicher, dass das eine gute Idee ist?", fragt Sophie nervös, während sie und Tom sich den dunklen, verlassenen Docks nähern.

„Wir haben keine andere Wahl", antwortet Tom entschlossen. „Wenn wir Lucas stoppen wollen, müssen wir herausfinden, was er plant."

Das Hausboot liegt still und unheilvoll am Rande des Kanals, nur schwach beleuchtet von den entfernten Straßenlaternen. Sie nähern sich vorsichtig, ihre Schritte sind kaum hörbar auf den hölzernen Planken des Stegs.

Tom zieht erneut den Dietrich hervor und öffnet die Tür des Hausbootes. Mit einem leisen Knarren schwingt sie auf, und sie treten in die Dunkelheit.

Im Inneren des Hausbootes herrscht eine unheimliche Stille. Die Luft ist schwer und muffig, erfüllt von dem Geruch nach feuchtem Holz und Moder. Überall sind Spuren von Vernachlässigung und Verfall sichtbar.

„Bleib dicht bei mir", flüstert Tom und schaltet eine kleine Taschenlampe ein. Der schwache Lichtstrahl durchschneidet die Dunkelheit und enthüllt die trostlose Umgebung.

Sie bewegen sich vorsichtig durch die engen Gänge, ihre Herzen schlagen schneller.

Plötzlich bleibt Sophie stehen und deutet auf einen kleinen Raum am Ende des Ganges. Die Tür ist nur angelehnt, und sie können gedämpfte Stimmen hören.

„Das sind sie wieder", flüstert Sophie und presst sich an die Wand, um nicht entdeckt zu werden.

Tom nickt und schleicht sich näher an die Tür.

Er wagt einen vorsichtigen Blick durch den Spalt und sieht Lucas van Miltenburg und mehrere Männer, die um einen Tisch versammelt sind.

Auf dem Tisch liegen alte Bücher, Papiere und seltsame Symbole, die an die Rituale des alten Ordens der Verborgenen erinnern.

„Wir müssen sicherstellen, dass alles nach Plan verläuft", sagt Lucas mit fester Stimme. „Das Artefakt ist der Schlüssel zu unserer Macht. Ohne es sind wir machtlos."

Einer der Männer nickt. „Wir haben Hinweise darauf, dass das Artefakt noch in Eichenfeld verborgen sein soll. Unsere Quellen sagen, dass es tief unter der Stadt versteckt liegt."

„Dann müssen wir es finden und zurückbringen", sagt Lucas. „Ohne das Artefakt können wir das Ritual nicht vollenden und unsere volle Macht entfalten."

Sophie und Tom sehen sich an, ihre Gesichter vor Sorge gezeichnet. Sie wissen, dass sie schnell handeln müssen, um Lucas und seine Anhänger zu stoppen.

Lucas will die Versammlung beenden und die Männer verabschieden sich.

„Wir müssen hier raus, bevor sie uns finden", flüstert Sophie und wirft einen nervösen Blick über die Schulter.

Tom nickt entschlossen. „Bleib dicht bei mir. Wir müssen uns leise bewegen."

Sie bewegen sich vorsichtig durch den engen Gang des Hausbootes, bemüht, keinen Laut zu machen. Ihre Schritte sind kaum hörbar, als sie sich dem Ausgang nähern.

Plötzlich hören sie Stimmen und stoppen abrupt. Ein paar der Anhänger von Lucas unterhalten sich in der Nähe der Tür.

„Was machen wir jetzt?", flüstert Sophie und blickt zu Tom hinüber.

Tom denkt schnell nach. „Wir müssen einen anderen Weg finden. Lass es uns durch das Fenster dort hinten versuchen."

Sie schleichen zurück zu einem kleinen Raum mit einem Fenster, das zur Wasserseite des Kanals zeigt. Tom öffnet das Fenster vorsichtig, und sie klettern fast geräuschlos hinaus. Das kalte Wasser plätschert leise gegen das Hausboot, während sie sich geduckt fortbewegen.

„Wir müssen unbemerkt bleiben", murmelt Tom. „Schnell, bevor sie uns bemerken."

Sie waten durch das seichte Wasser und schaffen es, das Hausboot hinter sich zu lassen. Als sie endlich das Ufer erreichen, atmen sie erleichtert auf. Doch sie wissen, dass ihre Arbeit noch nicht erledigt ist. Sie müssen nach Eichenfeld zurückkehren und die Behörden sowie ihre Freunde informieren.

Sie laufen zu ihrem Auto und steigen hastig ein. „Lass uns so schnell wie möglich zurückfahren", sagt Sophie und schnallt sich an.

Tom startet den Motor und fährt los. Die Straßen von Rotterdam sind noch belebt, aber sie schaffen es, sich durch den Verkehr zu schlängeln und auf die Autobahn zu gelangen. Die Fahrt zurück nach Eichenfeld ist angespannt, und sie tauschen nur wenige Worte.

„Was denkst du, was Lucas wirklich vorhat?", fragt Sophie schließlich, ihre Stimme voller Besorgnis.

„Er will das Artefakt finden und seine Macht wiederherstellen", antwortet Tom. „Wir müssen es vor ihm in Sicherheit bringen."

Unterwegs halten sie an einer Raststätte, um die Behörden zu informieren. Tom wählt die Nummer von Kommissar Müller in Eichenfeld und erklärt ihm die Situation.

„Wir haben die Beweise dafür, dass Lucas van Miltenburg eine neue Gruppe gegründet hat und nach einem gefährlichen Artefakt sucht", sagt Tom ins Telefon. „Wir brauchen dringend Schutz und Unterstützung."

Kommissar Müller verspricht, dass entsprechende Maßnahmen vorbereitet werden und man sie in Eichenfeld erwartet.

Mit etwas mehr Zuversicht setzen Sophie und Tom ihre Fahrt fort.

Wieder daheim

Als sie schließlich in Eichenfeld ankommen, ist die Sonne bereits untergegangen. Die Straßen sind ruhig, doch in ihren Herzen tobt ein Sturm.

Sie fahren direkt zu Lisas und Annas Haus, wo ihre Freunde bereits warten.

„Was habt ihr herausgefunden?", fragt Lisa besorgt, als sie Sophie und Tom eintreten.

„Lucas plant etwas Großes", sagt Sophie und lässt sich erschöpft auf einen Stuhl fallen. „Er sucht nach einem alten Artefakt, das ihm und seiner Gruppe immense Macht verleihen soll."

Anna holt tief Luft. „Dann müssen wir handeln, bevor er es in die Hände bekommt."

Tom nickt. „Wir haben mit der Polizei gesprochen. Kommissar Müller ist informiert. Aber wir müssen unbedingt das Artefakt finden, bevor Lucas es tut."

Sie setzen sich um den Küchentisch und breiten die alten Karten und Dokumente aus, die sie in den letzten Wochen gesammelt haben.

Die Spannung ist fast greifbar, als sie ihre nächsten Schritte planen.

„Laut dieser Karte sollte das Artefakt tief unter der Stadt versteckt sein", sagt Anna und zeigt auf eine Markierung. „Es muss einen sehr speziellen Zugang zu den alten Tunneln geben, den wir finden müssen."

„Wir sollten uns aufteilen", schlägt Lisa vor. „Ein Teil von uns sucht nach dem Zugang, während die anderen die Polizei auf dem Laufenden halten und sicherstellen, dass wir geschützt sind."

Die Gruppe ist sich einig und teilt sich in zwei Teams auf. Sophie und Tom machen sich auf den Weg, um den Zugang zu den Tunneln zu finden, während Lisa und Anna den Kontakt zur Polizei halten.

In der Nacht schleichen Sophie und Tom durch die verlassenen Straßen von Eichenfeld. Ihre Taschenlampen werfen flackernde Lichtkegel auf die alten Mauern und Gehwege.

„Es muss hier irgendwo sein", murmelt Tom und hält die Karte vor sich. „Laut den Aufzeichnungen sollte der Eingang nicht weit entfernt sein."

Sie durchsuchen die Gegend und entdecken schließlich eine alte, mit Efeu überwucherte Tür, die halb in den Boden eingelassen ist.

„Das muss es sein", sagt Sophie und zieht an der rostigen Klinke.

Mit einem Quietschen öffnet sich die Tür und enthüllt eine steile Treppe, die in die Dunkelheit führt.

„Sei vorsichtig", warnt Tom, während sie die ersten Schritte hinabsteigen.

Die Luft wird kühler und feuchter, je tiefer sie in das unterirdische Labyrinth vordringen. Die alten Tunnel erstrecken sich in alle Richtungen, aber sie folgen den Markierungen auf der Karte.

Plötzlich hören sie ein leises Rascheln und bleiben abrupt stehen.

„Hast du das gehört?", flüstert Sophie und leuchtet mit ihrer Taschenlampe in die Dunkelheit.

„Ja", antwortet Tom leise. „Wir sind nicht allein hier unten."

Sie bewegen sich vorsichtig weiter, immer auf der Hut. Die Tunnel scheinen endlos zu sein, doch schließlich entdecken sie einen großen Raum, in dessen Mitte ein alter, steinerner Altar steht. Auf dem Altar liegt das Artefakt – ein mit Runen bedecktes Amulett.

„Das muss es sein", flüstert Sophie und nähert sich dem Altar. „Wir haben es gefunden."

Doch bevor sie das Amulett ergreifen kann, hören sie erneut Schritte. Sie drehen sich um und sehen Lucas und seine Anhänger, die in den Raum stürmen.

„Ihr hättet besser nicht hier sein sollen", sagt Lucas kalt. „Das Amulett gehört uns."

Tom stellt sich schützend vor Sophie. „Wir werden euch nicht erlauben, es zu benutzen."

Ein wildes Chaos bricht aus. Lucas und seine Anhänger greifen an, und es kommt zu einem erbitterten Kampf. Sophie und Tom kämpfen tapfer, aber die Übermacht ist fast erdrückend. Plötzlich bricht ein alter Balken von der Decke und trennt die Kämpfenden.

„Wir müssen das Amulett einpacken und verschwinden", ruft Tom. „Es ist unsere einzige Chance."

Sophie greift sich das Amulett.

Lucas sieht das Amulett und seine Augen verengen sich vor Zorn. „Gebt es mir", schreit er und stürzt vor.

Doch bevor er Sophie erreichen kann, greifen die restlichen Freunde ein und drängen ihn zurück. „Lauf, Sophie!", ruft Anna. „Wir halten sie auf!"

Sophie und Tom rennen so schnell sie können, das Amulett fest in Sophies Hand. Sie wissen, dass sie es in Sicherheit bringen müssen, um Lucas' Pläne zu vereiteln.

Sie schaffen es, aus den Tunneln zu entkommen und laufen durch die verlassenen Straßen zurück zu ihrem Auto.

Zwischenzeitlich stürmt auch die Polizei den Raum und nimmt Luca und die anderen Männer fest. Sie werden in Handschellen abgeführt und zum Revier gebracht.

Nach langer Ermittlungsarbeit ist es dann gelungen, die gesamte Beweiskette hieb- und stichfest zusammenzuführen.

Die für Eichenfeld zuständige Staatsanwaltschaft reicht die Anklageschrift bei Gericht ein. Diese wird zugelassen und ein Gerichtstermin wird festgelegt.

Während der Verhandlung hüllen sich alle Männer der Gruppe in Schweigen. Sie äußern sich nicht zu den Tatvorwürfen.

Das Gericht aber ist von der Schuld der Angeklagten überzeugt. Alle Männer erhalten ausnahmslos langjährige Haftstrafen und werden damit für lange Zeit aus dem Verkehr gezogen.

Das Amulett wurde an das städtische Museum übergeben, wo es heute noch von den vielen Besuchern bestaunt wird.

In Eichenfeld kehrt endlich wieder Frieden ein.

Frieden kehrt ein

Die ersten Sonnenstrahlen brechen durch die dichten Bäume rund um Eichenfeld und werfen ein warmes, goldenes Licht auf die Stadt. Der Morgen ist ruhig, und eine friedliche Stille liegt in der Luft.

Die Schrecken der letzten Wochen und Monate scheinen nur noch eine ferne Erinnerung zu sein, als Sophie und Tom auf der Veranda ihres Hauses sitzen und den neuen Tag begrüßen.

„Es ist endlich vorbei", sagt Sophie und atmet tief durch, während sie eine warme Tasse Kaffee in ihren Händen hält.

Tom lächelt und legt seinen Arm um ihre Schultern. „Ja, das ist es. Wir haben es geschafft."

Sophie und Tom haben das Amulett gefunden und damit die Quelle der Macht der Kultgruppe für immer gebannt. Der Frieden ist nach Eichenfeld zurückgekehrt.

Später an diesem Tag treffen sich Sophie und Tom mit Lisa und Anna im Stadtpark. Die vier Freunde setzen sich auf eine Bank und genießen die frische Luft und das Lachen der spielenden Kinder in der Nähe.

„Es fühlt sich so eigenartig an, dass es endlich vorbei ist", sagt Lisa und lehnt sich zurück. „Ich hatte fast vergessen, wie sich Frieden anfühlt."

„Ich auch", stimmt Anna zu. „Aber jetzt können wir endlich wieder normal leben."

„Was habt ihr als nächstes vor?", fragt Lisa und blickt Sophie und Tom an.

Tom schaut zu Sophie und lächelt. „Wir haben einige Pläne. Ich denke, es ist an der Zeit, unsere Träume zu verwirklichen."

Sophie nickt. „Ja, wir wollen eine kleine Bäckerei eröffnen. Es war schon immer mein Traum, und jetzt, da wir keine Angst mehr haben müssen, können wir es endlich tun."

Anna klatscht begeistert in die Hände. „Das ist großartig! Ihr werdet die besten Bäcker in Eichenfeld sein."

„Wir haben schon angefangen, Pläne zu machen", sagt Tom. „Es wird eine Menge Arbeit, aber wir sind bereit dafür."

Die Freunde lachen und tauschen Geschichten aus, ihre Herzen sind endlich leicht und frei von Angst. Die Bedrohung ist ein für alle Mal gebannt, und sie können sich auf eine glückliche Zukunft freuen.

Am nächsten Tag machen sich Sophie und Tom auf den Weg zum alten Gemeindezentrum, das sie in ihre Bäckerei umwandeln wollen. Sie betreten das Gebäude und beginnen sofort, Pläne zu schmieden und Ideen auszutauschen.

„Ich denke, hier könnten wir die Theke aufstellen", sagt Sophie und deutet auf eine Ecke des Raumes. „Und dort drüben könnten die Tische und Stühle stehen."

Tom nickt zustimmend. „Das wird großartig. Ich kann es kaum erwarten, loszulegen."

Während sie das Gemeindezentrum erkunden, betreten sie einen kleinen Raum, der einst als Lager genutzt wurde. Tom bleibt stehen und sieht sich um. „Weißt du, was ich denke?"

Sophie lächelt. „Was denn?"

„Das hier wäre der perfekte Ort für unsere Backstube", sagt Tom. „Wir könnten es so gemütlich und einladend gestalten."

Sophie nickt. „Das ist eine großartige Idee. Lass uns das tun."

Die Tage vergehen schnell, und Sophie und Tom arbeiten hart daran, ihre Bäckerei zum Leben zu erwecken. Die Unterstützung aus der Gemeinde ist überwältigend, und schon bald stehen die ersten Kunden vor der Tür.

„Willkommen in Sophies und Toms Bäckerei!", ruft Sophie fröhlich, als die ersten Gäste eintreten. „Was darf es sein?"

Eine ältere Dame lächelt. „Ich habe gehört, dass ihr die besten Croissants in der Stadt habt. Ich nehme eine Tüte voll."

Tom steht an der Kasse und unterhält sich mit Herrn Schmidt, einem älteren Herrn, der oft für einen Kaffee und ein Gespräch vorbeikommt.

„Wie läuft es heute, Tom?", fragt Herr Schmidt und nimmt einen Schluck von seinem Kaffee.

„Fantastisch, Herr Schmidt. Wir sind glücklich, dass die Leute unsere Backwaren mögen", antwortet Tom und lächelt.

Die Bäckerei ist nicht nur ein Geschäft, sondern auch ein Treffpunkt für die Gemeinschaft geworden.

Die Menschen kommen nicht nur wegen des Essens, sondern auch wegen der warmen Atmosphäre und der freundlichen Gespräche.

Sophie und Tom haben einen Ort der Freude und des Zusammenhalts geschaffen, der die dunklen Zeiten vergessen lässt.

Während die Bäckerei floriert, genießen Sophie und Tom die ruhigen Abende zusammen. Eines Abends sitzen sie auf ihrer Veranda, die Sterne funkeln am Himmel, und sie blicken auf die vergangenen Monate zurück.

„Es ist erstaunlich, wie sich alles verändert hat", sagt Sophie und legt ihren Kopf auf Toms Schulter.

Tom küsst sie sanft auf die Stirn. „Und wir haben eine strahlende Zukunft vor uns."

.

Schlusswort – Epilog

Die Geschichte von Sophie, Tom, Lisa und Anna ist eine kraftvolle Erzählung über Mut, Freundschaft und die unerschütterliche Entschlossenheit, das Richtige zu tun.

In den finsteren Zeiten, als die Stadt Eichenfeld von einer bedrohlichen Macht heimgesucht wurde, haben diese jungen Menschen bewiesen, dass wahre Stärke nicht in körperlicher Kraft, sondern im Herzen liegt.

Sie haben uns gezeigt, dass mit Zusammenhalt und einer klaren Vision selbst die größten Herausforderungen gemeistert werden können.

Ihre Reise war voller Gefahren und Unsicherheiten, doch Sophie, Tom, Lisa und Anna ließen sich nie entmutigen. Sie stellten sich ihren Ängsten, wuchsen über sich hinaus und fanden in den dunkelsten Momenten Licht.

Ihre Entschlossenheit, Eichenfeld zu retten und die Wahrheit ans Licht zu bringen, hat die Stadt nicht nur vor dem Untergang bewahrt, sondern auch neues Leben und Hoffnung in jede Ecke gebracht.

Ihre Taten haben Eichenfeld in eine blühende Gemeinschaft verwandelt, in der Hoffnung und Fortschritt gedeihen. Sie haben bewiesen, dass wahre Helden diejenigen sind, die sich mit Herz und Seele für andere einsetzen.

Sophie, Tom, Lisa und Anna haben uns eine wertvolle Lektion hinterlassen:

Freundschaft und Liebe sind die mächtigsten Kräfte, die wir besitzen.

Ihre Geschichte ermutigt uns, niemals aufzugeben, selbst wenn die Zeiten schwer und die Herausforderungen groß sind. Denn am Ende ist es unsere Entschlossenheit, das Gute in der Welt zu fördern.

Während die Reise der Freunde in diesen Seiten ein Ende gefunden hat, leben die Werte und Lektionen, die uns vermittelt worden sind, weiter.

Die Geschichte soll uns alle inspirieren, mutig zu sein, unsere Träume zu verfolgen und niemals die Hoffnung aufzugeben, dass wir die Welt zu einem besseren Ort machen können.

In einer Welt, die oft von Unsicherheit und Angst geprägt ist, erinnern uns Sophie, Tom, Lisa und Anna daran, dass der wahre Schatz nicht in Gold und Reichtum liegt, sondern in den Verbindungen, die wir knüpfen, und den Taten, die wir im Namen der Liebe und Freundschaft vollbringen.

Ihre Geschichte ist ein Leuchtfeuer der Hoffnung, das uns zeigt, dass wir alle die Macht haben, etwas zu bewirken, wenn wir nur den Mut finden, den ersten Schritt zu tun.

Mögen ihre Abenteuer und Erfolge uns alle dazu inspirieren, unseren eigenen Weg zu gehen, unser eigenes Schicksal zu gestalten und die Welt ein wenig heller und besser zu machen.

Denk daran:

Jeder von uns hat die Fähigkeit, Großes zu erreichen. Es beginnt mit einem einzigen mutigen Schritt, einem entschlossenen Herzen und dem Glauben daran, dass Veränderung möglich ist.

Die Zukunft liegt in unseren Händen.

Nutzen wir die Lektionen, die uns diese Geschichte gelehrt hat, und machen wir die Welt zu einem Ort voller Hoffnung, Mut und unbegrenzten Möglichkeiten.

Jeder von uns hat die Macht, etwas zu bewirken.

In Verbundenheit,

Peter Grosche

Und noch mehr Jugend-, Kinder und Sachbücher findet ihr
auf der Autorenseite im Internet unter: **www.Peter Grosche.de**

Freundschaft, Selbstakzeptanz
und soziales Engagement.

Die Reise des Erwachsenwerdens.

Eine Story für Jugendliche im Alter
von ca. 13 – 17 Jahre.

ISBN: 978-3-7597-0269-2

Theo ist alles, nur nicht langweilig.
Mit seiner frechen Klappe und einer ordentlichen Portion Selbstironie
manövriert er sich durch das chaotische Teenagerleben.
Ob Familie, Freunde, Schule oder die verrückte Welt der sozialen
Medien - Theo stolpert von einer Herausforderung in die nächste.
Mobbing, Abi-Prüfung und der ganz normale Wahnsinn machen
ihm das Leben schwer, aber aufgeben? Never ever!

Erlebe, wie Theo gemeinsam mit seinen besten Freunden Lena und
Max den Alltag rockt. „Theo – Die Dumpfbacke?" ist eine witzige und
gleichzeitig tiefgründige Geschichte über das Erwachsenwerden, die
Power der Freundschaft und die Suche nach dem eigenen Platz im Leben.
Mit coolen Dialogen und einem Schreibstil, der die Sprache der
heutigen Jugend einfängt, bietet dieser Roman alles, was das Herz
begehrt: Lacher, Tränen und jede Menge Denkanstöße.

Kann Theo seine Träume verwirklichen und die Welt ein bisschen
besser machen? Finde es heraus in dieser Story, die zeigt, dass
selbst eine vermeintliche Dumpfbacke Großes erreichen kann.

Und noch mehr Jugend-, Kinder und Sachbücher findet ihr auf der Autorenseite im Internet unter: **www.Peter Grosche.de**

ISBN: 978-3-7583-7251-3

ISBN: 978-3-7583-0579-5

ISBN: 978-3-7597-0731-4

ISBN: 978-3-7583-7142-4